新潮文庫

博士の本棚

小川洋子著

新潮社版

8852

目次

1　図書室の本棚　子供の本と外国文学――一

図書室とコッペパン／秘密の花園・小公子・小公女／抱き寄せたいほどに愛らしい兄弟の物語／うさぎとブリオッシュ／映画『クロエ』と『うたかたの日々』その幸福な関係／博物館に収蔵された物語／死に彩られたファンタジー／金曜日の夜、読みたい本／空想倶楽部結成／小さな果てのない世界を作る才能／泉に沈める宝石箱／クリスマスツリーはどこから来るか／ジム・ナッシュの墜落／私の夢は唯一、ものを書くことだった／斜視の瞳に映る記憶／偶然の意味を読み取る作家／時間と空間を宙に浮かんだ塊に彫刻してゆくような小説の数々／イーサン・ケイニンの宿命／アンネ・フランク展に寄せて／斎藤真一の『星になった瞽女』／科学と物語の親しさ／起源、洞窟、影、死／翻訳者は妖精だ／鳥城と後楽園と四つ角ホテル／フィクションの役割／私の愛するノート／青年J／行列からはみ出す

博士の本棚

1

図書室の本棚

子供の本と外国文学

図書室とコッペパン

「子供の頃、どんな本を読んでいましたか」

と、インタビューの時しばしば質問される。結局『ファーブル昆虫記』、『アンネの日記』、『あしながおじさん』、『家なき子』、『秘密の花園』、『若草物語』……などと、さして目新しくもない本のタイトルを挙げることになるのだが、何度同じ質問をされても、決してうんざりなどしない。子供時代の読書の思い出を語りだせば、私はいつでも幸福な気持になれる。話しているうちに、すっかり忘れていたはずの風景が次々とよみがえり、平凡な思い出がどんどん色鮮やかに、立体的になってくる。

遠い昔、岡山の小さな町で、真っ黒に日焼けした天然パーマの痩《や》せっぽちの少女が、一冊の本を広げている。学校の図書室で借りたのか、移動図書館のバスの本棚で見つけたのか、あるいは隣に住む従兄《いとこ》に貸してもらったのか。もはやその本が元々誰の持ち物かなど、少女にはどうでもいい問題になっている。自分の手の中にあるかぎり、自分がページをめくっているかぎり、それは自分だけのために書かれた本だと信じている。将来、その本について繰り返し質問されるような事態になろうとは、想像もしていない。

私が通ったのは、当時既に創立百周年を迎えていた古い小学校で、校舎はすべて木造。正門を入るとすぐ薄暗い渡り廊下が続き、右手には給食室と職員室、左手にはお手洗いと巨大な枇杷《びわ》の木があり、突き当りの校舎を三階まで上ると、そこに図書室があった。

今の小学校では、読書の習慣を身に付けさせるために、朝十分間本を読ませたり、わざわざ〝図書の時間〟を設けたりしているようだが、当時はそんな親切なプログラムなどなく、はっきり言って図書室の先生が学校中で一番暇そうな大人に見えた。いや、もちろん司書の先生にも大変なお仕事がたくさんあったのだろうが、放課後、私が図書室の扉を開けると、たいていカウンターの内側にひっそりと腰を下ろしていた。何か作業にいそしんでいるという印象はほとんどない。カウンターに本を持ってゆくと、貸出カードに素っ気なく、ポンとハンコを押した。余計なお喋《しゃべ》りはせず、気の利《き》いたアドバイスもなく、ただ無言で貸し出しの許可を与えるだけだった。

だから思い出の中にある学校の図書室は、いつも静けさに包まれている。他にもいたはずの生徒たちの姿は消え、先生と私、二人だけになっている。

偉人の伝記、動物の図鑑百科、シャーロック・ホームズやルパンの推理もの、とお気に入りの本の種類は周期的に変化した。一冊好きになるとそのシリーズは全部読んでみなければ気がすまず、借りる本がなくなるとまた新たなジャンルに挑戦するという調子だった。少し困ったのは、単行本と文庫の中間くらいの大きさで、可愛《かわい》らしいイラストが表紙に載った、少年少女向けのシリーズに夢中になった時だった。それだけはなぜか、カウンターのすぐ脇《わき》にある、くるくる回転する特別な本棚に置かれていて、本を選ぶ姿を先生にそのまま見られてしまうからだった。本を読んでいるところを人に見られるのは何でもないが、選んでいる姿を見られるのはどことなく恥ずかしかった。

本棚は回すとギシギシ耳障《みみざわ》りな音を立てた。そのたびにびくっとして先生の方をうかがった。しかし先生は、こちらが気にするほど私の本の選択に興味はない様子だった。膝《ひざ》の上に本を開き、黙って大人の本を読んでいた。結局私はそのギシギシと鳴る本棚で、メアリー・ポピンズや長くつ下のピッピと出会うことになる。

何年生の時だったか、ストーブが燃えていたので冬の出来事であるのは間違いないのだが、放課後、いつものように図書室にいると、先生がストーブの前に椅子《いす》を置き、ポケットからコッペパンを取り出した。

「よかったら、あなたもいらっしゃい」

先生がそんなふうに親しく口をきいてくれるのは初めてだった。私は素直に従った。

「給食の余ったパン、こっそりもらっとくの。本を読むと、お腹《なか》すくもんねえ」

先生はコッペパンを半分に割り、ストーブの上に載せた。ほどなく香ばしい匂《にお》いがただよってきた。これも給食の余りであるらしいマーガリンの銀紙を広げ、大胆にパンになすりつけ、「はい」と言って私に手渡した。

毎日給食でうんざりするくらい食べているはずのコッペパンが、あの時はなぜあんなに美味《おい》しかったのだろう。他の人には言えない、二人だけの秘密を共有しているような親密な時間。ポロポロとこぼれ落ちるパン屑《くず》。蒸気を噴き出す薬缶《やかん》。そして、先生の膝にも、私の膝にも、読みかけの本。

あの時、無口な先生が読んでいた本は何だったのだろう。今ではもう、確かめる術《すべ》はない。

けれどインタビューで子供時代の読書について聞かれるたび、先生を思い出す。そこに本があるならば、私の出番などありません。子供たちは自分一人で、自分のための本をちゃんと選べます。とでもいうかのように、黙ってカウンターの向こう側に座っていた先生の姿が、コッペパンの焼ける匂いとともによみがえってくる。

秘密の花園・小公子・小公女――バーネットの三冊

三十年ほど昔、私が少女だった頃、『小公子』と『小公女』のどちらが好きかについて、女の子たちはしばしば議論したものだった。議論の分かれ目はつまり、美しさ、上品さ、無邪気さを備えた上に、莫大《ばくだい》な財産を相続するセドリックに憧《あこが》れるか、あるいはミンチン先生の酷《むご》い仕打ちにけなげに耐え抜き、最後には大金持ちのインドの紳士に引き取られるセーラに憧れるか、という点にあった。

私の記憶では、セーラの方が優勢だったように思う。やはり女の子の多くは、悲運の主人公に心を奪われる。悲運の度合いでいけば、断然セーラに軍配が上がる。

しかし単なる可哀相《かわいそう》なお話で終わってしまってはいけない。ここが大事なポイントで、後に訪れる桁《けた》違いの幸運に裏打ちされた不幸でなければならないのだ。

私はセーラよりセドリック派だった。二人はともに完璧《かんぺき》な人格の持ち主なのだが、セーラの完璧ぶりは時に鼻につく。けれどセドリックの立派さは許せる。理由は彼が少年だから。セーラのように振る舞える少女がこの世にいないことは断言できるが、もしかしたらセドリックのような少年は、どこか遠い世界の果てに、一人くらいいるかもしれないと、少女の私は幻想を抱いていたのである。

一方『秘密の花園』は登場人物ではなく、物語の場所に感情移入して読めるところが、前の二作と趣を異にしている。百も部屋がある館《やかた》、ヒースの花に覆《おお》われる荒野、暖炉と天蓋《てんがい》付きベッドのある子供部屋、煉瓦《れんが》の壁に囲まれた庭園……。そうした情景をノートに描いているうち、どんどん空想が広がって、元々の『秘密の花園』とは違うお話をいくつも頭の中で作り上げていた。

今でも小説を書く時、舞台となる町の地図を作り、家の間取りを描くところからはじめるのは、『秘密の花園』の読書体験が影響しているのだと思う。

抱き寄せたいほどに愛らしい兄弟の物語――『ミリオンズ』

理屈では上手《うま》く説明できないのだけれど、なぜか昔から、兄弟もの、の本に弱い。内容や著者の名前や装丁の雰囲気に関わりなく、とにかく兄弟が登場する本であれば、その前を素通りできない。アゴタ・クリストフの『悪童日記』や、マイケル・ギルモアの『心臓を貫かれて』、デニス・マクファーランド『音楽室』、イーサン・ケイニン『あの夏、ブルー・リヴァーで』等などが、心の本棚の【兄弟もの】コーナーに並べられている。

そしてこのたび、『ミリオンズ』がそこへ仲間入りした。私は本書を中央の特等席に、大事に納めた。ようこそ私の【兄弟もの】コーナーへ、そう言って微笑《ほほえ》みたくなるような気分だった。

主人公の二人は、弟ダミアン(五年生)、兄アンソニー(六年生)。デパートの化粧品売り場で働いていたお母さんが病気で死に、お父さんと一緒に三人で新しい町へ引っ越してきた。ある日、兄弟の前に、大金の入ったかばんが(正確に言えば二十二万九千三百七十ポンド入りのかばんが）、まさに文字どおり空から降ってくる。そこから物語がスタートする。

しかしだからと言って、奇想天外なおとぎ話というわけではない。大金入りのかばんが降ってくるには、社会的に辻褄《つじつま》の合う、ちゃんとした理由がある。つまりイギリスの通貨がポンドからユーロへ切り替わる、境目で生じた事故のせいなのだ。

このリアリティが本書の根本を支えているように思う。大人の理屈が原因のアクシデントであるからこそ、それに直面した子供たちの、小さな胸の中で繰り広げられる想像の世界が、より魅力的に輝く。お札の束の生臭さを目の前にしても、子供たちが作り出すファンタジーは決して損なわれない。彼らの想像の翼は自由自在に羽ばたいてゆく。

弟のダミアンは、このお金を善行のために使い、ママの待つ天国への階段を、一段でも多く登りたいと願う。一生、キリスト降誕劇の中で生きたい（聖ヨセフの役で）と思うような男の子だ。

彼はまた守護聖人博士でもある。守護聖人にまつわる伝説を無数に暗記している。引っ越しの守護聖人聖アンナ、ペストとコレラと皮膚病の守護聖人聖ロクス、看護婦と花火と車輪職人の守護聖人聖カタリナ……。ダミアンは日常生活の必要な場面において、ふさわしい伝説をすらすらと語ることもできるし、作文に書くこともできる。それどころか聖人と会話さえしてしまう。

ダミアンにとって守護聖人は、単なる空想ではなく、なかなかに困難の多い現実とどうにか折り合いをつけるための、必要不可欠な手立てである。実感を伴った信奉なのである。だからこそ彼は、聖人たちが耐えた苦行に敬意を払い、自らもベッドを降り、毎晩床の上で眠るのだ。

一方、兄のアンソニーは利発な実務派である。大金を目の前にして彼が一番に口にしたのは、税金の問題だった。税金に半分近くも取られるくらいなら、父さんには内緒にしておいた方がいい、もし神様が本当に父さんにお金を渡したいのなら、郵便で小切手を送ってきたはずだ、というのが彼の意見だった。

ポンドがユーロに切り替わり、かばんの中の大金が紙くずになってしまうまで、猶《ゆう》予《よ》は二週間あまりしかない。その間に、兄弟二人が本心から納得できるお金の使い方をどうやって見つけるのか、それがストーリーを動かすエンジンになってゆく。善行に心を寄せる弟と、高利の運用を計算する兄が、大人たちには内緒で、一大プロジェクトを成し遂げようとするのだから、すべてがすんなり運ばないことは目に見えている。たちまち学校ではインフレが起こるし、お金の匂いをかぎつけた怪しげな人たちがしのび寄ってくるし、いつしかお金が重荷にもなってくる。

　このあたりの事件の面白さについては、私などがくどくど説明する必要はないだろう。兄弟はもちろん、脇役一人一人にあふれる温かい人間味、小道具の使い方の絶妙さ（特にお母さんの形見、肌色のモイスチャライザーが印象的）、場面展開の鮮やかさ、どれを取っても楽しめる。読み終わったあと、必ず幸福な気持ちになれる。

　ダミアンに出会ったら、作家の守護聖人について尋ねてみたいと思う。そこに隠された苦行と奇跡の物語を語ってもらいたい。そうして彼をそっと抱き寄せたい。きっとモイスチャライザーの匂いがすることだろう。

＊フランク・コットレル・ボイス著　池田真紀子訳『ミリオンズ』新潮社

うさぎとブリオッシュ——映画『ネネットとボニ』

小説であれ映画であれ、兄弟の物語ならそれだけで私は参ってしまう、とあちこちに書き散らしているせいで、そういう種類の書評や映画評を頼まれる機会が多い。前回はやくざの抗争に巻き込まれる若い姉と弟の話だったし、その前は人生の落伍者《らくごしゃ》となった兄と、医者として成功した弟の話だった。

もう既にどこかで発表されているのかもしれないけれど、兄弟をキーワードにして作品をジャンル分けし、論じてみたらおもしろいと思う。血のつながりに親子ほど惑わされることはなく、恋人同士のように肉体的なつながりで何かを解決できるほど単純でもない。残酷に切り捨てようとしても、互いの存在の記憶は遺伝子に刻み込まれ、消しようがない。

人は時に、恋愛の中で味わうよりももっと豊かで入り組んだ感情を、兄弟の前で見せてしまう。ただそこに、自分の兄弟がいるというだけで。

ネネットとボニは妹と兄である。両親の離婚によってバラバラに暮らしていた二人が、ネネットの妊娠をきっかけに同居するようになる。——こう書くとすぐさま、近親相姦《そうかん》を連想する人がいるかもしれない。確かに神話の時代から、近親相姦は物語の重要なテーマであり続けてきた。結局、タブーを取り入れる方が、手っ取り早くドラマティックな世界を構築できるのである。

しかし、この映画はタブーに背を向け、意味ありげな気配を極力削《そ》ぎ落とそうとしている。兄と妹が肉体をすり合わせるのは、浴室で倒れたネネットを救い出す時であり、熱を出したボニに潰《つぶ》したバナナを食べさせる時である。そこにあるのは官能を越えた、より人間臭い体温のぶつかり合いだ。むせるほどの湯気、腕の中に倒れ込んでくる重み、甘ったるい果肉の匂い、シーツの湿り気、そういったものたちが画面から生々しく立ち上ってくる。

原題でも『NENETTE ET BONI』と、二人の名前は並列になっているのだが、決して彼らの関係は横並びではない。むしろネネットを通して成長してゆく、ボニの物語と言った方が適切ではないだろうか。

貧しいながらもたくましく、自分の居場所を確保しているように見えるボニだが、内面には未成熟な心を抱え、本人もそれを持て余している。だからこそパン屋の女房を犯すという妄想の中で背伸びしながら、同時に片手に乗るほどの愛くるしいうさぎをかわいがることで、幼い自分を守ろうとしている。

妊娠を告げにやって来たネネットがうさぎを蹴《け》ろうとした時、あんなにもボニが怒ったのは、守ろうとしている自分の殻が破られる予感に襲われたからかもしれない。満足に食べる物もないと罵《ののし》られ、ボニは廊下にいくつもブリオッシュを並べる。自分の世界が壊されてゆく怖《おそ》れと、強がり、そして誤魔化しきれない妹への思いが渾然《こんぜん》となった、印象深い場面だ。

兄と妹役二人の役者が光っているのは言うまでもないが、もう一人輝きを放っているのはパン屋の女房、ヴァレリア・ブルーニ＝テデスキである。ただ肉感的というだけでなく、かわいらしさや健気《けなげ》さもあわせ持っている。豊かな肉体を誇示しても下品にならない。妄想の場面がボニの吐く言葉とは裏腹に美しくさえあるのは、彼女の力に依《よ》るところが大きいと思う。

せっかくパン屋の女房と二人でカフェへ入るチャンスをつかみながら、妄想のノートにすべての言葉を書き尽くしてしまったかのように、ボニは彼女の前で黙りこくってしまう。そしてピザの生地に顔を埋《うず》めることで、満たされなかった願いを遂げようとする。どうしても妄想の中へ逃げ込まないではいられなくなる。

そんなボニを半ば強引に、乱暴に、現実へ引きずり出すのがネネットだ。彼女は妹というより、姉、時には母親に近い存在となる。自分の赤ん坊に対しては母親であることを頑《かたく》なに拒むのに、兄に対しては無意識のうちに母性を発揮する。あるいは、ボニの方が一方的に羊水の温《ぬく》もりを求めると言った方がいいだろうか。

先にネネットを通して成長するボニの物語、と書いたが、ラストシーンでそれが見事に表現される。つまりボニは、ネネットの肉体をすり抜けてきた赤ん坊を腕に抱くことで、幻想からは得られなかった確かな体温を感じ取るのだ。

赤ん坊は欠伸《あくび》をし、しゃっくりをし、お漏らしをする。その一つ一つの感触をボニは微笑しながら味わう。二人はまるで、言葉とは違う種類の、もっと原始的で崇高な手段によって、会話しているかのように見える。

人と人が、言葉に頼らず、これほど内面の深い部分でつながり合うシーンを、私はほかに目にしたことがない。

映画『クロエ』と『うたかたの日々』その幸福な関係

自分の敬愛する小説が映画になる時は、楽しみより不安の方が大きく、実際映画を見終わったあとも、どことなく居心地の悪い気持に陥る場合が多いのだが、今回は違った。『うたかたの日々』と『クロエ』は、その悲痛な物語とは裏腹に、実に幸福な関係を築いたと言っていいだろう。

ボリス・ヴィアンの『うたかたの日々』は、映像的な小説である。一場面一場面に光が差し、匂《にお》いが揺らめき、体温が立ち籠《こ》めている。奇抜さと愛らしさに満ちた装飾をちりばめ、物語にリアルな手触りを与えている。

特にヴィアンの編み出す物体たち、あまりにも有名なピアノカクテルをはじめ、感度試し器、小鳥のソーセージ、嘔吐《おうと》の形の指輪、雪もぐら、心臓抜き……等々、どれも現実には目にできないものでありながら、細部にまで色彩が施され、鮮やかな輪郭を持って言葉の世界に存在している。

『クロエ』はこうした装飾に惑わされていない。映像と言葉を競わせることによって、よりリアルな非現実を造り出してやろう、などという企《たくら》みに溺《おぼ》れていない。むしろ小説の映像的な部分を透明化し、そこから透けて見える登場人物たちの内面に、まず焦点を合わせようとしている。そのことが、幸福な関係の実現に成功した、一番の理由ではないだろうか。

『クロエ』は『うたかたの日々』の根幹を流れる、素直で痛々しい愛の姿を、両手で慎重にすくい上げている。その両手の、おずおずとした控えめな感じが、主人公高太郎の人柄にも通じている。『うたかたの日々』のコランが世間に対して示す皮肉のこもった態度や、時に噴出する暴力的なパワーは薄められ、恋人を思うけなげさだけが、掌《てのひら》に残る砂金のように、きらめきを発している。

ならばよくある恋愛映画なのかといえば、そう単純には片付けられない。主人公から取り去られた皮肉や暴力、狂気や混沌《こんとん》は、映像のそこかしこに地雷となって埋められている。そしてそれらを片っ端から踏んでゆくのが、高太郎の友人、英助と日出美である。

彼らもまた高太郎、クロエのカップルと同じく、死の気配に支配されている。しかし、高太郎がその気配を怖れ、再生への道を見つけようともがくのに対し、英助と日出美は怖れるからこそ余計に、自分で自分を抑えきれないまま、死の渦中《かちゅう》へ身を投じてゆく。

特に、英助役の塚本晋也《しんや》が印象深い。クロエの病状が悪化するのに合わせ、少しずつ高まってゆく彼の破滅の予感は、時に滑稽《こっけい》で、時に切なく、見る者の胸を揺さぶる。二組のカップルに訪れる結末は、どちらも死であるのに間違いはない。おそらく映画がはじまって程なく、誰もがその結末を避けがたいものと感じるだろう。けれど二組の死は、全く違った種類の光を放ち、互いに乱反射して、こちらが予想もしなかった独特な陰影を、作品に与えることとなる。

最後に二つ、どうしても触れておきたい事柄がある。まず、登場人物たちの名前が、よく練られている点。『うたかたの日々』では、コランとクロエ、シックとアリーズ、映画では高太郎とクロエ、英助と日出美。もしかしたら、命名に深い意図はなく、謎《なぞ》が掛けられているかのように探りを入れるのは無意味かもしれないが、私は彼らの名前を声に出してつぶやくのが好きだ。つぶやいているだけで作品世界の中へ入ってゆける。

もう一点は、睡蓮《すいれん》の蕾《つぼみ》がきちんと描かれていること。それに関しては、誤魔化しなく、真正面からぶつかってゆこう、という潔《いさぎよ》さが感じられる。

クロエの胸から切除されたばかりの蕾は美しかった。表面を覆《おお》う血と粘液は、それがついさっきまで彼女の身体《からだ》の奥で息づいていた、温かい証拠だった。あの病院での一場面を見た瞬間、私は『クロエ』と『うたかたの日々』が、幸福な関係を結んだことを、確信したのだった。

博物館に収蔵された物語
――ポール・オースター編『ナショナル・ストーリー・プロジェクト』

一人の女性が、日曜日の朝早く、通りを歩く一羽の鶏と出会う。鶏は角を曲がり、とある家の玄関の階段をぴょんぴょんと上がり、ドアをくちばしでノックする。やがてドアが開き、鶏は中へ入ってゆく。

『ナショナル・ストーリー・プロジェクト』は、ここからスタートする。彼女が何のために日曜の早朝から道を歩いていたのか、鶏が何者（？）なのか、その後、何が起こるのか、一切説明はない。潔いほどに感情は抑えられ、教訓の一片が入り込む余地もない。

ただはっきりしているのは、一つの風景が言葉によって書き付けられ、事実として現実に刻まれた、ということだけである。おそらく目撃者は、広い世界の中で、彼女一人きりだったに違いない。もし彼女がいなければ、小さく不思議な出来事は誰にも見取られないまま、静かに消え去っていただろう。しかし今、通りを歩く鶏は存在を認められ、私たちの記憶の中にあるドアを、コツコツとノックしている。

本書は全米公共ラジオの番組の中で実行されたプロジェクトを、一冊の本にまとめたものである。つまり、毎週聴取者が書き送ってきた物語に、作家ポール・オースターが目を通し、いくつかを選んで朗読する。物語の条件は二つだけ。事実で、短くさえあれば、あとはどんなスタイルのどんな人からの投稿でも受け入れられる。

このアイデアが電波に乗って全米に流されると、予想以上の数の投稿が集まった。数だけではない。内容はどれも、個人の内なる人生の奥底から湧《わ》き出る情熱にあふれていた。と同時に想像を超えるあらゆる様相を呈し、実にさまざまな魅力を発していた。

そして当然の成り行きとして、集まった物語たちを、一度ラジオ放送の縛りから解き放ち、文字として保存すべきだとの考えから、本書の誕生となった。

元々のアイデアを提供したのは、同じ作家でオースター夫人でもあるシリ・ハストヴェットだったらしいが、このプロジェクトの要《かなめ》として、オースターほどふさわしい人物は他にいないのではないだろうか。

毎日同じ時刻、同じ場所で写真を撮り続ける男や、何の縁もない他人を尾行し、写真を撮って架空の伝記を創作する芸術家など、日常生活が発するある特別なサインを読み取ろうとする人物を、彼はしばしば自作の中に登場させてきた。あるいは、ポーカーというゲームに潜む運命に翻弄《ほんろう》され、自分で築いた壁によって閉じ込められる男を描いた『偶然の音楽』や、どん底まで墜落した孤児が、図らずも祖父と父にめぐり合う物語『ムーン・パレス』など、彼の小説の多くは偶然の持つ力によって構築されてきた。また自伝的エッセイ集『トゥルー・ストーリーズ』では、自身の身近で起こった偶然を、印象的に描き出している。

このようにポール・オースターは、物語のための虚構ではなく、現実の中に潜む、虚構の衣を着た事実にこだわり、それを物語化してきた作家であるように思う。時に偶然という言葉で一くくりにされ、見過ごされてしまう事実の中にこそ、言葉によって姿を与えられるべき真実が隠れていることを、彼は繰り返し私たちに示してくれた。だからこそ、このプロジェクトがオースターを中心に発生し、事実であることが投稿の条件に挙げられたことは、ごく自然な流れだった。最初、番組のホストから月一回のレギュラー出演を打診され、全く乗り気でなかったのが、妻の一言によって展開ががらりと変わった、という一連の動きもまた、意味深い偶然に導かれた必然だったのだ。

本書には一七九の物語が収められている。投稿者は全米に及び、あらゆる年齢、職業の人々が含まれている。どれもが個人的な体験である。歴史を検証したり、社会に警告を発したりする目的で書かれたものは一つとしてない。結果としてそういう何かが伝わってくる作品はあるかもしれないが、それは読者の問題であり、書き手の視点は常に自分自身の内面に向かっている。

ところが全体を読み通しているうち、個人の記録がぽつぽつと孤立して散らばっているのではなく、微妙につながり合い、重なり合いしながら、一つの世界を構成してゆく様子が浮かび上がってくる。全く無関係なはずの一個一個の作品が、知らず知らずのうちに肩を寄せ、手をつなぎ、互いの声に耳を澄ませている。その触れ合いの瞬間に立ち会えることが、本書を読む最大の喜びかもしれない。

例えば、最初に挙げた鶏の話は、逃げ出したインコ、パーキーの話（『青空』）と響き合っている。青い空に飛び立ったパーキーは、新しい家に舞い下り、「史上最高のペット」として幸せな日々を送った。その事実を元の飼い主は、四十年後に初めて、親しい友人から聞かされることになる。『鶏』は一瞬を切り取った時間の断片であり、『青空』は平和な空気に彩《いろど》られた一枚の絵のように完結している。けれど私の胸には、ドアをノックする鶏と、青空を飛ぶインコが、同じ時間を共有し、彼らだけに分かるやり方で合図を送っているさまが浮かんでくる。

小さな女の子が、買ってもらったばかりの帽子をなくす。仕事から帰ってきたパパは、くすくす笑いながら娘を抱きしめ、お前は本当に可愛《かわい》いよと言う。愛されている実感に浸った次の瞬間、娘は父親に平手打ちされる（『学ばなかった教訓』）。八歳の息子が、父親と初めてプロ野球のナイトゲームを観戦に行く。二回途中、土砂降りの雨で試合は中止になる。父と息子はびしょ濡《ぬ》れになりながら駐車場までたどり着くが、父は溝に鍵《かぎ》を落とし、中折れ帽を落とす。息子は急いで帽子を追い掛け、濡れ雑巾《ぞうきん》のようになったそれを、うやうやしく父に差し出す。二人は車の中で大声で笑い転げる（『雨天中止』）。

少年が大きな声で笑うのは、ひりひりと痛む頬を押さえ、立ち尽くしている少女を勇気づけるためではないか。そうできるのはきっと、彼もまた頬の痛みを知る少年だからに違いない。ケンタッキー州とカリフォルニア州にいる二人が、私の中では同じ場所に立っている。

オレゴン州ポートランドに住む、仲たがい中のカップルは、こんな素敵な方法で仲直りする。クリスマスプレゼントに、親和数を二重編みにした鍋《なべ》つかみをプレゼントされるのだ。１２４１５５と１００４８５。自分の約数の合計が相手の数になり、相手の約数の合計は自分になる、という親和数だ（『数学的媚薬《びやく》』）。一方ニューヨークにも一人、利発な少女が暮らしている。算数ができないせいで馬鹿《ばか》呼ばわりされている少女。彼女にとって1は、長い行列の先頭を切る力を持ちながら、一人きりで孤独な数字。7の肩には、世界の果てしない悲しみが古いコートのように重くのしかかり、安定して鈍感な8にはその悲しみが理解できない。10はすべてを支配し、金持ちが住む丘の上に暮らしている……。彼女にとっての数字は、こういう姿で生きている（『数の神秘』）。

鍋つかみを手にし、再び心を通わせ合ったカップルと、優れた才能を持ちながら、まだ誰にも気づいてもらえないでいる少女。数字の真理が、彼ら三人を庇護《ひご》し、慈《いつく》しみ、強く結び付けている様子が私には目に見える。

ここに取り上げたのはほんのささやかな例に過ぎず、実際には一冊の本の中で、もっと繊細でダイナミックな反応が起こっている。こうした事態をオースターはあらかじめ予測していて、聴取者へ呼びかける際、実に的確な言葉を用いている。

「一人ひとりが自分の人生や経験を探るわけですが、と同時に、それによって誰もが、ひとつの集合的な企て、自分一人より大きな何かに加わることになるのです。みなさんに協力していただいて、事実のアーカイブを、アメリカの現実の博物館を作れたらと思っているのです」

さっきまでページをめくっていた自分は、まさに博物館を見学していたのだ、と私は納得することができる。博物館には世界を構成する欠片《かけら》たちが集められている。古代ローマ帝国の浴場のモザイク、ハプスブルク家の銀食器、毛沢東の軍帽、勾玉《まがたま》、マンモスの牙《きば》。それらはただの物でしかない。しかも今ではかつての完全な姿を失い、どこかしら時間の侵食を受けて傷つき、仲間たちともはぐれ、小さな空間にぽつんと置き去りにされている。しかしそれらが、いくら不完全であろうと現実そのものであり、世界の一部であったことに、間違いはない。

博物館を歩き、展示物を見つめているうち、やがて断片たちが織り成すある広がりを感じるようになる。時間や歴史や社会は、ただの茫洋《ぼうよう》とした海ではなく、一個一個、一人一人の欠片が集まってその輪郭を成している。自分はあてどなく海をさ迷っているのではなく、海を形作る波の一滴なのだと、実感できる。

博物館に自分の物語を収めた投稿者たちが得たのも、この実感に近いものではなかったのだろうか。彼らは何度もオースターに、お礼を述べたということだから。

本書の中で私は何人もの興味深い人物と出会った。彼らがどんな家に生まれ、その先どんな人生を歩んでいったのか、ほとんどの場合分からない。すべてが無名の人たちだ。しかし彼らの姿はありありとよみがえってくる。庭のピクニックテーブルに、死んだ妻が置いたハンドバッグを、生涯片付けられなかった夫。タクシーの運転手に買い物を頼む、ベニヤの台車に乗った、両脚のない元軍人。毎週金曜日の夜、大きなゴミ袋に一杯の氷を詰めて、バスに乗る男。死ぬ間際《まぎわ》まで芝刈りのアルバイト代を心配していた、予知能力者アナ・メイ。ジプシー音楽に涙しながらドレスを縫う、裁縫上手の母親。数え上げたらきりがない。

私には彼らの体温が伝わってくるし、息遣いも聞こえてくる。遠い過去、遠い場所に住んだ誰かを、現実として自分の中に感じ取っている。

『ナショナル・ストーリー・プロジェクト』は、作家にとって、小説とは何かという問いを突きつけてくる本でもある。本書では、事実と物語が同意語で使われていて、そこに矛盾がない。作家の前にはいつも真っ白い原稿用紙が置かれている。そこにゼロから世界を作り上げ、登場人物たちを動かし、再び世界を完結させられるのは、自分一人しかいないと信じている。

ところが本書を読むと、果たして本当にそうなのだろうかと疑問がわく。もしかしたら、作家が自分で作り上げたと思い込んでいる虚構は、既にどこか、自分のすぐそばの現実の中にあったのではないか。作家はただそれを見つけ出し、言葉を与えたに過ぎないのではないか。

この疑問は決して私をがっかりさせない。本書に登場する数々のすばらしい事実を読めば、作家の役割が創造ではなく発見であったとしても、どうして落胆する必要があるだろう。

どのお話が一番好きか、と考えるのは、たいして意味のないことかもしれないが、何か一つ買って帰ろうと決心して骨董屋《こっとう》さんをのぞくのと同じくらい、楽しいことではある。あれこれ迷って私は、『ファミリー・クリスマス』を選んだ。誰に質問された訳でもないのに、私はここに出てくるモリス少年が一番好きです、と宣言したい気分だ。

本書がアメリカで刊行されたのは二〇〇一年九月十三日。同時多発テロ事件の二日後だった。そのことについては、訳者あとがきで、柴田元幸氏が適切な説明と考察をされている。その点を一言、最後に付け加えておきたい。

＊ ポール・オースター編　柴田《しばた》元幸《もとゆき》他訳『ナショナル・ストーリー・プロジェクト』新潮社

死に彩られたファンタジー

先日、久しぶりにサリンジャーの『ナイン・ストーリーズ』を読み返していて、思いの外どの短篇にもファンタジーの気配が色濃く漂っているのに気づいて驚いた。例えば、『バナナフィッシュにうってつけの日』について言えば、二十年前の大学生の私にとって大事なのは、戦争帰りの青年が自殺する事実だった。海辺で青年と少女がバナナフィッシュを探す場面は、あくまでも自殺を暗示するエピソードでしかなかった。ところが今になってみると、目に見えない幻のバナナフィッシュを追い掛けている姿そのものに、リアリティと愛着を感じ、自殺の事実の方が背景に遠退《とおの》いてゆくのだった。

あるいは、中年のおばさん同士がお喋《しゃべ》りしているだけの話、という印象しかなかった『コネティカットのひょこひょこおじさん』。実は娘のラモーナが、これほど深く物語の核心に触れていようとは思い至らなかった。

ラモーナは他の誰にも見えない、自分だけに見えるボーイフレンド、ジミー・ジメリーノを連れている。髪は黒く目はグリーンで、そばかすはなく、剣を持っている孤児のジミーだ。寝返りを打った拍子に彼が痛い目をみないよう、彼女はいつもベッドの端っこに眠る。そしてある日、ジミーは車に轢《ひ》かれて死んでしまう。

大人たちからは〝架空の男の子ね〟と決め付けられているジミーのために、毎晩毎晩、ベッドの隅で眠っている少女の姿を思い浮かべると、それだけで涙ぐんでしまう。

一方『笑い男』は、今も昔も変わらず私にとってのベストワンだ。ただその理由は微妙に変化している。小学生たちを集めてバスに乗せ、野球やフットボールをして遊ばせたり、博物館へ連れていったりする若き団長の失恋物語は、サリンジャーにしては素直すぎるくらいに切ない。その切なさを支えているのが、団長が子供たちに語って聞かせてやるお伽話《とぎばなし》、〝笑い男〟である。

四十歳を過ぎて再読すると、子供たちが震えて泣きだすのは、失恋した団長の気持に引きずられたからではなく、狭いバスの中で、生まれて初めて死に触れたからだと分かる。お伽話〝笑い男〟は、子供たちが自分でも知らない間に胸に抱えている死への恐れの扉を、静かに開く。

『ナイン・ストーリーズ』の中で一番好きな場面は、『対エスキモー戦争の前夜』のラストシーン、主人公の少女ジニーが、友達のお兄さんにもらったサンドイッチを道端に捨てようとして思い止《とど》まり、再びポケットに仕舞うところだ。ジニーは復活祭の贈物のひよこが死んでいるのを見つけた時も、捨てるのに三日かかった。『ナイン・ストーリーズ』が、こうも多くの死に彩られた短篇集であることもまた、新たな発見だった。ポケットの中で腐ってゆくサンドイッチには、上質のファンタジーが宿っている。私にとってのファンタジーとは、こういうものである。

＊ サリンジャー著　野崎孝訳『ナイン・ストーリーズ』新潮社

金曜日の夜、読みたい本――『針がとぶ Goodbye Porkpie Hat』

赤く染めたムラサキツユクサでも、雨蛙《あまがえる》の口の中を綿棒でこすったのでもいいのだが、何であれ、顕微鏡を覗《のぞ》いていると夢中になり、つい時間を忘れ、接眼レンズから目を離した時、とても長い旅をしてきたような錯覚に陥ることがある。本書はそういう気分にさせてくれる本である。

扱われている題材はささやかなものばかりだ。決して大げさではない。電球、鳥、端の欠けたボウル、黒猫、クロークルームのコート、自転車……。けれどそれらを見つめ、手に取り、頬ずりしたり匂《にお》いをかいだりしているうちに、思いもしない場所へ連れてこられているのに気づく。ふとあたりを見回すと、砂に覆《おお》われたがらんとした遊園地の駐車場が広がっていたり、浴槽のお湯に浮かぶ上弦の月が、掌《てのひら》の中で揺らめいていたりする。

顕微鏡で覗いていたのはほんの小さな世界だったはずなのに、いつの間にか果てもない遠くのどこかに取り残されている。

それは吉田さんが、一瞬と永遠を平等に描き出しているからだろう。例えば冒頭の一篇『針がとぶ』で、玄関の電球が切れる場面。〝わたし〟はその一瞬をくぐり抜けて、伯母さんが行ってしまった永遠のあちら側に、おそるおそる手をのばすことになる。

実は私も昔から、電球が切れる時のあの感じを、怪しんではいた。ただ単純に暗くなるだけでなく、見えないスイッチが切り替わって、空気の落とし穴に落ちるような、妙な感覚に襲われる。そう、特に、〝球の中でさらさらと動く小さな音〟を聞くと、空気の滑り落ちてゆく音を耳にしたような気がする。

『針がとぶ』の〝わたし〟も、たぶんその合図を聞いたのだろう。だからこそ、自分一人分の秘密だけ抱え、潔《いさぎよ》く死んだ詩人の伯母さんの遺品に、手を触れる勇気を得た。彼女は伯母さんの生きた証《あかし》を保管する、博物館のただ一人の学芸員となり、ただ一人の見学者となったのだ。

遺品の中にビートルズの「ホワイト・アルバム」があった。レコードはB面の最後で必ず針がとんだ。その一瞬は〝わたし〟に、切れた電球を思い起こさせる。暗闇《くらやみ》の向こうに行ってしまった人が永遠に帰ってこないのと同じように、針がとぶ一瞬に隠された音楽を聴くこともできない。

伯母さんも昔、聞こえない言葉を聞こうとしていた。遊園地の駐車場で出会ったバリカンという名の青年。忘れたくない事柄を掌に書く癖を、伯母さんはバリカンから学んだ。彼が言おうとして途中で口をつぐんでしまった、遂《つい》に発せられることのなかった言葉を、彼女は記憶しようとした。

人間は永遠というものに触れることはできない。その哀《かな》しみが、本書の隅々にまで満ちている。

また一方で、登場人物たちの永遠への憧《あこが》れと畏《おそ》れは、不思議な形をとって小説の中にしばしば出てくる。先にあげた博物館もそうだ。『パスパルトゥ』の雑貨屋や百科事典、『少しだけ海の見えるところ』の、すべてを持って歩くおばさんや、森羅万象小売店、あるいは『路地裏の小さな猿』の、すべてを記録する男、等など。

彼らは世界のすべて、というとてつもないものを、何かの拍子に自分の手の中におさめてしまえないか、と思案する。実は世界は、とてつもないものではなく、ぎゅっと縮めてしまえば、これくらいになるんじゃないだろうか、と掌で形を作ってみたりする。対物レンズのピントを合わせ、小さな場所から遠くの場所へ旅をするのと似ている。徒労に終わると分かっていても、一瞬と永遠の境目にあるドアを探している。

最後に、登場人物の中で私が一番愛しているのは、雑貨屋パスパルトゥ。親切で、時々お節介で、犬の親友ハムと一緒に暮らしている。世界がどんなに重いかを知っていて（若い頃百科事典を背負って売り歩いていたから）、なおかつ、すべてを望んではならないと知っている。

一番好きな場面は、金曜日、ホテルのクローク係が本を買って帰る幸福に浸るところ。青い包装紙を抱え、〝一週間の中の最良の一瞬〟を味わう場面。

仕事に疲れた夜、メールや留守電のチェックなど無視して、ベッドに潜り込み、暖かい毛布に包《くる》まり、『針がとぶ Goodbye Porkpie Hat』の一ページめをめくる幸せは、きっと他にたとえようがないだろう。

＊ 吉田篤弘《よしだあつひろ》著『針がとぶ Goodbye Porkpie Hat』新潮社

空想倶楽部《クラブ》結成

いつの頃からだろう。気がつくと、クラフト・エヴィング商會《しょうかい》が私の脳みそに入り込み、どうしてもこうしても追い出せない状態になっていた。それはまるで火星から送られてきた信号のように、私を捕えてしまった。

ある時は万物結晶器のスケールに涙を載せ、ある時は、瞬間永遠接着液のガラス瓶の前で腕組みする。そうかと思えば森の図書館司書兼シチュー当番の許《もと》へ取材に出掛け、帰りには海辺のチョッキ食堂で一服する……。

一体彼らは何者で、どこに存在しているのか。そもそも彼ら、という代名詞がふさわしいのかどうなのか。考えはじめると謎《なぞ》は深まるばかりで、ますます怪しげな信号から抜け出せなくなっているのだった。

彼らの正体をつかむため、私は最後の手段に出た。拙著『沈黙博物館』（筑摩《ちくま》書房）の装丁をクラフト・エヴィング商會に発注したのである。

そして、彼らの正体は暴《あば》かれたのか？　結果から言うと、いいえ、であった。題名がよくなかったのかもしれない。すべては沈黙のうちに運ばれ、足跡は沈黙の中に消えていった。最初から分かっていたことではあるが、クラフト・エヴィング商會の仕事には、沈黙が実によく似合っていた。

ただ、二、三の発見はあった。まず、彼らという代名詞が見当違いではなかったこと。噂《うわさ》どおり、〝白シャツの店〟を愛用しているらしいこと（完璧《かんぺき》な白シャツをお召しになっていた）。好物はラムの蜂蜜《はちみつ》焼きであること（一皿を仲良く分け合ってお召し上がりになった）等々……。秋の午後、彼らが立ち去った後には、『沈黙博物館』と、お行儀よく並んだラムの骨だけが残されていた。

その余韻が醒《さ》めないところに送られてきたのが、『らくだこぶ書房―21世紀古書目録』（筑摩書房）だった。

「ああ、またしてもやられた」

思わず私はつぶやいていた。何をどうやられたのか自分でもよく分からないが、とにかくこちらの予想をはるかに超える仕事がなされたのは、本を手に持っただけで明らかだった。もちろん私は彼らに対抗意識を抱いているわけではない。「やられた」には、驚嘆と興奮と尊敬が満ちあふれている。だから一ページ目をめくる時、私の口許には至福の笑みが浮かんでいた。

本書の概要については、私のような者がじたばたしても、所詮《しょせん》本質を正確に伝えるのは不可能だから、説明するのはやめておこう。回りくどい解説など一切不用の、壮大で繊細な枠組みを備えた書物なのだ。

本書の魅力を一言で表現するなら、それは空想に尽きると思う。常々感じていたことだが、日頃私たちは空想というものを不当に扱っていないだろうか。空想にふけりがちな誰かのことを、ぼんやり屋さんだとか、実務能力に欠けるとか、気味の悪い人、などと言って蔑《さげす》んでいないだろうか。

しかし、人は誰でも空想の中に生きている。それを意識し、どれだけ豊かに育《はぐく》もうとするかしないかの違いがあるだけだ。その証拠に、たとえ死んでも、空から天使が舞い降りてきて、魂を天国へ運んでくれるから大丈夫、という空想にくるまって、大勢の人間が死の恐怖をどうにかやり過ごしている。

いつかクラフト・エヴィング商會と一緒に、空想倶楽部を結成するのが私の夢だ。月に一回か年に一回か、会員はチョッキ食堂に集まり、それぞれ取って置きの空想を語る。一番字の上手な会員を書記に任命し、その空想を書き取ってもらう。空想がたまってきたら、専用の図書館を森の奥に建てる。作家、音楽家、主婦、スポーツ選手、会員であれば誰でも好きな空想を自分の仕事に応用して構わない。私の空想、横取りしないで、などと野暮なことは言わない。会員証の代わりに、〝白シャツの店〟でおそろいのシャツをあつらえる。……

ああ、なんと空想とは偉大なのだろう。

小さな果てのない世界を作る才能

主に本を舞台とし、さまざまな才能あふれる活動をしている創作ユニット、クラフト・エヴィング商會の最新作が、『テーブルの上のファーブル』（筑摩書房）である。

この本について説明するのは難しい。決して難しい本ではないのだが、簡潔に説明しようとすればするほど的外れになってしまう。小説でもなく、エッセイでもなく、絵本でもない。とにかく本を手に取って、一ページ一ページめくりながら、くすっと笑ったり、写真の美しさに見とれたり、ほうと頷《うなず》いたりしてもらわないことには、話がはじまらない。つまり私は、書評など必要のない本についての書評を書こうとしているのだ。

まず昼の月の下、木のテーブルが登場し、そこへ何かを載せてゆくところからお話はスタートする。机上の空論ならぬ、テーブルの上の寓話《ぐうわ》、テーブル・ファーブルである。一杯の密造酒、一個のグレープフルーツ、横浜のシウマイ、赤いボタンの白シャツ、切れた電球、網と虫かごを持ったファーブルの紙人形……。こうしたものたちがそっとテーブルを訪れ、またそっと去ってゆく。そこに影のような、小さな物語が残される。

各々《おのおの》の物語は無関係のような振りをしながら、実はどこかでつながり合っていて、けれど必要以上にべたべたもしない。読み手はふらっと散歩に出るような気分で本の中を歩き回り、すっかり忘れ去っていた遠い記憶をよみがえらせたり、いつか夢で見た場所に足を踏み入れたりしている。一冊の本、というありきたりの形の中に、こんなにも魅惑的な世界が隠れていたのかと、感嘆の声をもらす。

クラフト・エヴィング商會が繰り返しやっているのは、この広い世界の中に、小さな囲いを作ることではないかと思う。木の柵《さく》を立て、ペンキを塗る。あるいは煉瓦《れんが》を積み上げる。余計な飾りのない素朴な囲いだ。

そうしてできたのは小さな世界のはずなのに、なぜか彼らの手にかかると、過去と未来が渦を巻き、生者と死者が等しく語り合い、世界の縁からこぼれ落ちていったものたちがよみがえってくるという、果てしもない世界になっている。

本書ではその囲いが、テーブルなのである。小説家はそれを単なる譬《たと》えとしてしか描けないのだが、クラフト・エヴィング商會は、いともたやすく台所にある本物のテーブルを持ってくる。密造酒を前に、白シャツを着て、仲良くテーブルに両手を載せている二人の写真を眺めながら、私は彼らの才能に嫉妬《しっと》してしまう。

泉に沈める宝石箱

素晴らしい短編小説に出会うと、自分だけの宝物にしたくなる。小さいけれどしっかりした造りの宝石箱にしまい、他の誰も知らない場所に隠しておく。

長編小説だとそうはいかない。それは海や川のように世界に横たわっているので、どこかにしまっておけるはずもなく、大勢の人がいつでも自由に眺めたり泳いだり漂ったりできる。

短編小説との関係はもう少し秘密めいているように思う。読書の途中、心打たれるとしばしば私は「何なんだ、これは……」と、感動の声を上げるのだが、短編の場合は長編に比べてその声の調子がかすれ気味になる。威勢よく机を叩《たた》いて叫ぶのではなく、誰かに盗み聞きされないよう用心しながら、自分一人に向かってささやいている。読み終わるとまた宝石箱の中に納め、鍵《かぎ》を掛け、裏庭の片隅にひっそりと湧《わ》き出ている泉の底に沈める。

何かの都合で立ち上がれないくらいに疲れ果ててしまった時、海や川のほとりまではとてもたどり着けそうもない時、自分の庭に隠しておいた宝物が役に立つ。泉に手を浸し、箱をすくい上げ、掌《てのひら》にのるほどの小さな世界にも、ちゃんと人間の営みが満ちあふれていることを確かめれば、もうそれだけで安心だ。自分はただ一人荒野に取り残されているのではなく、誰かの温《ぬく》もりに守られているのだと実感できる。

今回選んだエリザベス・ギルバートの『デニー・ブラウン（十五歳）の知らなかったこと』は、特に大事にしている作品で、本音を言えばこのままそっと沈めておきたかった。独占欲から、というだけでなく、こんなにすごい作品を書かれてしまったら、一体自分は何をどう書けばいいのだろう、と途方に暮れてしまうのが怖いのだ。

しかしこれは決して派手な小説ではない。腰を抜かすような斬新《ざんしん》なテーマを扱っているわけでも、精巧な仕掛けが張り巡らされているわけでもない。アメリカの地方都市に住む、平凡な十五歳の高校生が、夏休みに経験するある出来事をスケッチする、ただそれだけの小説である。

タイトルにあるとおり、彼、デニー・ブラウンは、世の中についてまだ何も知らない。自分が住む町の名の由来も、細胞の有糸分裂も、ベートーベンの耳が聞こえなかったことも知らない。看護師である両親の仕事がどんなものであるのか、友だちのお姉さんがどうして自分の手を握ってくるのか、よく分からない。小説のほぼ三分の二は、彼が何を知らないかについての描写に費やされている。

　ある日、ささいな偶然が訪れる。友だちのお姉さんが、つまり彼の手を黙って握ってきた胸の大きな魅力的なお姉さんが、水ぼうそうにかかったのだ。

　そこから事態は、思わぬ様相を呈しはじめる。繰り返すようだが、派手でも精巧でもなく、奇想天外でもない様相なので、私が詳しい説明をしたとしても、きっと多くの人は拍子抜けするだろう。だからここでは何も説明しない。ただ一つはっきりしているのは、水ぼうそうの彼女の手を引き、バスルームへ向かうデニー・ブラウンは、人間の心の最も深遠な部分に触れた、ということだ。ベートーベンの難聴も知らなかった少年が、その瞬間に、教科書にも載っていない、言葉でも説明できない何かを、はっきりと知ったのだ。

　誰かが見出《みいだ》し、言葉を与えなければ忘れ去られてしまう、日常の中のささやかな奇跡を、エリザベス・ギルバートは救い出した。ほんの数ページの中でそれをやってのけた。何度読み返しても私は、感動に震えながら、途方に暮れて立ちすくみながら、

「何なんだ、これは……」と自分自身に向かってささやいてしまう。

　作家は奇跡をでっち上げるのではなく、見つけ出すのが仕事なのだ、と思う。そう思わせてくれるような小説かどうかが、私にとっての基準となっている。

よく、短編と長編と、どちらが得意ですか、と聞かれる。私はどちらも不得意です、と答える。短編であれ長編であれ、小説を書くのは難しい。とても、どちらかが得意です、などとは答えられない。短編を書くにはそれに相応《ふさわ》しい技術が必要だと考えられているのなら、それは間違いだと思う。でっち上げたのではなく、見つけ出した物語を描くこと、ただそれだけが大切で、必要なことなのだ。

書けなくなって辛《つら》くなると、私は裏庭の泉へ走り、宝石箱の鍵を開ける。そうしてまた自分だけの秘密を底に沈め、書きかけの小説の前に戻る。そんなことを繰り返しながら書き続けている。

＊『デニー・ブラウン（十五歳）の知らなかったこと』は『巡礼者たち』（新潮社）所収

クリスマスツリーはどこから来るか──『クリスマスの木』

題名にあるとおり、クリスマスの話なのに、しかも修道院が舞台だというのに、お説教臭いところが一つもない。それどころか主人公のシスター・アンソニーが、礼拝堂でお祈りする場面は一度も出てこない。彼女はいつでも、〃トゥリー〃のそばにいる。

〃私〃はニューヨークのロックフェラー・センターで、造園管理のチーフをしている男だ。毎年そこに飾られる、アメリカ一有名なクリスマスツリーを用意するのが、彼の大事な仕事の一つになっている。それ用の木を探すため、全国を旅して回る。

クリスマスツリーにふさわしいのはどんな木か、という問題について、彼は確固とした信念を持っている。また、木の本質を見抜く自分の直感を信じてもいる。つまり、高さとか枝振りとかいった外見ではなく、内面からあふれる気品があるかどうか、飾り物や電球よりも明るく輝く魂を持っているかどうか、ということである。

当然、そんな木は滅多に見つかるものではない。持ち主を説得し、切り倒す許可をもらうのも難しい。

ある年、彼はヘリコプターの上から、完璧《かんぺき》な美しさを備えた、クリスマスツリーに最もふさわしい木を発見する。それはブラッシュ・クリークと呼ばれる修道院に生えている木だった。そこで彼は、シスター・アンソニーと出会う。

これは〝私〟とシスター・アンソニーの間に通い合った、奇跡的な交流の物語である。二人の間には何の接点もない。年齢も、生い立ちも、生活する環境も違う。なのにたった一本の木を触媒にして、二人は互いの心の奥底に潜むものを感じ取る。植物がそれだけの力を持つことに、読み手は少しずつ気づかされてゆく。

まず何より、主な二人の登場人物が実に豊かに描き出されている。彼は都会の忙しい生活、責任の重い仕事に疲れてはいるが、植物に対する愛情だけは失っていない。かといってその愛情をひけらかしたりはしない。臆病《おくびょう》なほど慎重で、少しシニカルで、しかしどうしようもなく優しさがにじみ出てくる。

シスター・アンソニーの一番の魅力は、好奇心旺盛《おうせい》な潑剌《はつらつ》さだろう。修道女だからといって、ただ物静かなだけではない。狭い世界に閉じこもっていながら、一本の木から宇宙の摂理を学び取ってしまうような、豊かな心を持っている。

シスターは自分と〝トゥリー〟がどのように関わり合ってきたか、話して聞かせる。

その物語は押しつけがましくなく、率直で、ささやかな発見にあふれている。彼は時には、なぜこんなにも自分が彼女にひかれるのか戸惑いながら、またある時には言いようのない畏《おそ》れを感じながら、耳を傾ける。

つまり彼とシスターの交流が描かれるのと同時に、植物と人間の関係が浮き上がってくる仕組みになっている。両者の間には共通の言葉がない。人は想像力だけを頼りにしなければいけない。けれど言葉の代わりに、目に見えないもっと強力な力が存在している。それはある人にとっては無意味なものであり、別の誰かにとってはかけがえのないつながりである。

シスター・アンソニーは修道女なのに、お祈りなどしないで〝トゥリー〟に話し掛けてばかりいる。彼女にとっては〝トゥリー〟のある空き地が祈りの場所であり、神に一番近い場所なのである。植物に対する正しい目を持った人間は、人生の真理をも正しく見抜くことができる。

最後に、最も心ひかれた場面を一つ紹介したい。〝トゥリー〟の元へ向かうため、修道女たちが真っ白な野原を歩いてゆく。黒い服の裾《すそ》が、雪を集めてだんだんに白くなってくる。それを少し離れたところから、〝私〟が見つめている。

こんなに美しく、哀《かな》しい一場面を読んだのは久しぶりだった。衣《きぬ》ずれの音、雪に足が埋《うず》もれる音、息遣い、雲の形、そして〃トゥリー〃の姿、そんなものが一度に鮮やかに浮かび上がってきた。

ほんの短い数行だけれど、その中に物語のすべてが映し出されていた。これから長い間ずっと、繰り返し読み続けたいと思わせる数行だった。

＊　ジュリー・サラモン著　中野恵津子訳『クリスマスの木』新潮社

ジム・ナッシュの墜落――『偶然の音楽』

「私は話をでっち上げているのではなく、現実の世界に対応しようとしているだけだ」

『来たるべき作家たち』（新潮ムック）のインタビューの中で、ポール・オースターはこう語っている。にもかかわらず彼の小説はしばしば、現実のねじれから圧倒的な虚構の世界へ、読者を引きずり込む。そしてねじれの中で目眩《めまい》を起こしている間に、ふと気が付いた瞬間、新たな現実の地平に取り残されている。

オースターの小説を考える時、偶然という要素はどうしても外せないが、彼はそれを必然的な生死の対極にあるものとしてとらえている。理論や科学や法律でうまく取り繕われているようでありながら、実は人生の大半は理由のつかない偶発的な出来事によって形成されている。彼はその不可思議の奥に、真の物語を掘り起こそうとしている。虚構などという便利な言葉で、片付けてしまうわけにはいかないのだ。

『偶然の音楽』の中にも、主人公ジム・ナッシュが相棒ポッツィに向かって、この世で起きることに隠された目的や、ちゃんとした理由があるなどとは信じるな、と言って諭す場面が出てくる。まさにナッシュは偶然の泥沼に身をまかせ、あらゆる目的・理由を切り捨てた男である。

読み終えた時、あまりの衝撃と虚脱感でしばらくぐったりしてしまった。作品を否定する意味ではなく、むしろ文学的な裏切りの余韻にいつまでも浸っていたいような気持だった。

たぶん私が勝手に同じオースター作の『ムーン・パレス』を思い浮かべながら読んだせいだろう。二つの小説は似たような構造を持っている。一人の男が財産も家族も仕事も捨て、最低ギリギリの場所まで落ちたところから、小さな偶然に導かれて予想もしない人生に踏み込んでゆく。しかも主人公は二人とも父親と縁が薄く、その父親がらみで転がり込んでくる大金が、重要な役割を果たす。

しかし『ムーン・パレス』の主人公が落下する自分を偶然の力によって救出し、祖父や父との再会を果たし、最後太平洋に象徴される広大な未来の入口に到達するのに対し、ジム・ナッシュに訪れた偶然（ポーカー賭博師《とばくし》ポッツィとの出会い）は、彼を理不尽で暴力的な閉じた空間へと、どんどん追い詰めてゆくだけだ。ようやく救いが現われたかと思って油断していると、それがさらなる失望への序曲だったりする。

ナッシュは新車の赤いサーブを運転し、アメリカ中を移動しながらお金がなくなるのを待つ。毎日毎日車は走り続ける。なのにこの小説を支配する閉塞感《へいそくかん》は消えない。なぜなら時間と場所がいくらスピードに乗って流れ去ろうとも、ハンドルを握るナッシュだけは〝完璧な静止状態〟にある、宇宙で唯一《ゆいいつ》の〝固定点〟となっているからだ。従って水平移動としての旅など意味をなさない。彼が求めるのは大地の底にある究極の孤独へ向かって、墜落してゆくことなのだ。

遂《つい》に全所持金と車を失い、旅に終止符が打たれた後、彼を待っていたのは有刺鉄線に囲まれた野原での、壁作りだった。正真正銘、閉じ込められてしまうのである。

正直、私が最も希望を持ったのは、この壁作りの場面だった。アイルランドから運ばれた一万個の石を積み上げ、億万長者二人の変人が望む、飾り気のないただの壁を作る——愚かしいからこそ、光が見えてきそうじゃないか、と思った。実際ナッシュだってこの作業を、自分の人生を組み立て直すチャンスととらえていた。

壁が積み上がるにつれ、ポッツィとの関係も強固になっていった。瘦《や》せっぽちでセンスは悪いが、ポーカーの腕は確かで、自分なりの哲学に忠実に生きている愛すべきポッツィ。彼がいたからこそ、ナッシュの墜落は時に優美でさえあった。

しかし、最終的にナッシュが選んだ脱出方法は、生半可でなかった。読み手の感傷などお構いなしに、最後の最後、一番大きな跳躍をした。一人取り残され、途方に暮れた私がもう一度ページをめくり、読み返した場面がある。トレーラーハウスでのパーティーの夜、デザートを運ぶナッシュが賛美歌を歌うところ。偶然口をついて出てきた音楽。題名の出所はここにあるに違いないと、私は信じている。

＊ ポール・オースター著　柴田元幸訳『偶然の音楽』新潮社

私の夢は唯一、ものを書くことだった――『トゥルー・ストーリーズ』

敬愛する作家のエッセイを読むのは楽しい。小説とは違う道筋を通って、その作家の文学に対する思いの深いところに、触れられる気がする。

本書を読みながら、ポール・オースターが出会った実在の人物と、彼が作り上げた小説の登場人物たちを、自分勝手に結びつけては悦に入っていた。例えば、お母さんの再婚相手で、何かにつけオースターを援助してくれた義父は、『ムーン・パレス』のビクター伯父さんとつながっている気がするし、階段から落ちる娘さんを危うくキャッチしたエピソードは、空を飛ぶ少年を描いた『ミスター・ヴァーティゴ』を連想させる。

こんな思いつきになど、大した意味はなく、作家本人にとっては的はずれで迷惑な話だろうが、それでも構わない。私のイメージの中に住むビクター伯父さんや空飛ぶ少年の元に、ある時、義理のお父さんと三歳の女の子が訪ねて来る。初対面にもかかわらず、彼らは親しく抱擁を交わす。そうした様子を想像していると、ますます小説がいとおしいものに思えてくる。

もちろん、オースターの小説の読者でない人にとっても、本書は大事な意味を持つ。これは、偶然、をキーワードにしたエッセイ集であると同時に、作家オースターと死との出会いの記録、とも言える。

少年時代から彼はさまざまな種類の死に接してきた。十四歳でのキャンプ。有刺鉄線の下で稲妻に打たれて死んだラルフ。独りぼっちのダブリンで、足の爪《つめ》が肉に食い込む痛みによってもたらされた、死の恐怖。精神を病んだドックと、浮浪者ジョーが行き着いた死。世界に多くのものを授けられる才能を持ちながら、授けるだけの時間を与えられなかった人類学者、クラストル。コジンスキーの自殺。ジョン・レノンの射殺。崩れ落ちるツインタワーが放つ臭気……。

人間は誰でも死ぬのだから、ある程度生きていれば、家族や友人の死に出会うのは当然の成り行きだろう。しかし彼はただ単純に、あの人も死んだ、この人も死んだ、でも自分は生きている、と言っているのではない。

一つ一つの死は、決して消えない刻印を残した。生者は目の前から去ったのではなく、死者として新たに生まれたのだ。繰り返し彼は刻印を凝視し、その痛みを味わうことによって、死者と交流している。生きている者が示すのと同じ意味深さを、死者の存在もまた示している。

目の前でラルフが死んだ時、ポール少年はあと一秒か二秒ずれていたら自分がやられていたかもしれない、ということは考えなかった。自分が生き残った幸運よりも、友人の死への思いの方が鮮明だった。自分の人生が、二度と後戻りできないのを悟ったのだ。後戻りできない道の先に、小説があった。死の記憶が、作家ポール・オースターを形作ったことを、本書は語っている。

つまりこのエッセイ集は、彼が作家になってゆく過程の記録にもなっている。

『昔からずっと、私の夢は唯一、ものを書くことだった』

この一行が記されたページに、私は栞《しおり》をはさむ。小説を書いていて行き詰まった時、投げ出したくなった時、読み直すためだ。おそらく、私が小説を書き続けている限り、栞が外されることはないだろう。

ポール・オースターのような偉大な作家でも、こんな純粋で素直な希望から出発したのだ、と思うと励まされる。人間にとって、書きたい、という願いがいかに尊いものか、改めて教えられる。

鉛筆を持っていなかったために、大好きな大リーガーからサインをもらえなかった経験が自分を作家にした、と彼は書いている。つまりその日以来、いつどんな時でも、ポケットに鉛筆を忍ばせるのを忘れなかったのだ。このエピソードは私に、アンネ・フランクを思い出させる。彼女はお祖母《ばあ》さんからプレゼントされた大事な万年筆を、傷《いた》んだ豆と一緒に誤ってストーブで燃やしてしまう。結局、ものを書いて生きてゆきたい、という彼女の願いはかなわなかった。万年筆どころか、髪の毛も名前も生命さえも、収容所で奪われてしまったのだから。

ポール・オースターのポケットに今も鉛筆が入っていることを、私は幸福に思う。そして自分のポケットが空になっていないか、何度でも手を突っ込んで確かめる。

＊ ポール・オースター著　柴田元幸訳『トゥルー・ストーリーズ』新潮社

斜視の瞳《ひとみ》に映る記憶――『若かった日々』

翻訳家柴田元幸氏によって発見され、日本でも多くの読者を獲得したレベッカ・ブラウンの新作は、一応、自伝的小説ということになっている。確かに、少女時代に離れて暮らすようになった父親への思い、キャンプで出会ったカウンセラーとの初恋、中学の数学教師と結んだ関係、母親との別れなど、作家自身の体験に基づくと思われるエピソードで構成されている。

しかし、鮮やかすぎて胸が詰まるような描写と、ひたひたと寄せてくる文体に酔っているうち、自伝的だろうが何だろうが、そんな形式上の呼び名など問題ではなくなってくる。ページをめくっている間にいつしか、彼女が作り上げた時間の海に、身体《からだ》ごと浸されているのを感じるだけだ。

冒頭近く、「私」の右目の斜視について語られる章がある。「私」は斜視を治すため、いつも片目を肌色のパッチで覆《おお》っていた。その間彼女は、閉じられた瞳で、自分の頭の中を見つめていた。

ああ、そうか。作家レベッカ・ブラウンの視線のあり方は、ここに原点があるのかと、私は納得がいった気がした。目に映る像はどこかぼんやりとして不揃《ふぞろ》いで、むしろ見えないものの方がより間近に、生き生きと感じられる。彼女はまさに生まれ持ったその斜視の瞳で、自分の過去をすくい上げていったのだ。

ここに記された記憶はもちろん、楽しいものばかりではない。笑顔や歓声や感嘆のすぐ後ろ側には、ぴったりと哀《かな》しみが寄り添っている。そして彼女は、喜びと哀しみを無理に引き離そうとしない。あるがままの、何でもありえた状態のままの過去を呼び覚まし、受け入れている。

そのことを彼女はこんなふうに書いている。

遊園地のアトラクションで当てた景品の袋を、自分はいつまでも開けようとしなかった。紙くずやケチャップで汚れた丸テーブルを精一杯綺麗《きれい》にし、その上に袋を載せ、口をさらに折り直して、父さんがアイスクリームを買ってきてくれるのを待っていた。中に何が入っているか知らないでいれば、いつまでもそれは、何にでもなることができるから、と。

私が一番好きなのは、お父さんの軍人としての誇りを傷つけ、大喧嘩《おおげんか》になったあと、真夜中に、二人きりで釣りをする場面だ。せっかく釣り上げた見事な魚を、彼女は水へ戻す。魚は一瞬宙で輝き、消えてゆく。美しさは瞬間で去り、淋《さび》しさは長く漂い続ける。その真実を、レベッカ・ブラウンは静かに、深く刻み付ける。

＊レベッカ・ブラウン著 柴田元幸訳『若かった日々』マガジンハウス

偶然の意味を読み取る作家

一九八八年に四十九歳で亡《な》くなったレイモンド・カーヴァーの完全な全集が、本書『必要になったら電話をかけて』で完結した。第一回の刊行からこの最終巻まで、十四年の歳月が流れた。村上春樹《はるき》は実に丁寧に、愛情を込めて、困難な仕事をやり遂げた。才能のある作家同士の出会いが、全集という意義ある形に結実したのである。

夫人のテス・ギャラガーは序文の中で、

「この本は、樽《たる》に集められた水のようなものだ。空からじかに落ちてきた水だ」

と述べている。こんなにも美しい賛辞を、私は他に知らない。

本書に収められた五つの小説はどれも、何らかの理由によって生前のカーヴァーが発表しなかった、未完成の作品である。しかしたとえそうであっても、ありのままの自然の恵みを受け取るように、この本から、人は慰めや支えを得ることができる。

五つの小説がいつ頃書かれたものかは、はっきりしないようだが、カーヴァーの持つ魅力のすべてが、ここには含まれているように思われる。未発表だからと言って、彼の世界が損なわれてしまっている訳ではない。

むしろ徹底した手直しを受けていない分、文章の簡潔なリズム、ある一瞬芽生える奇妙なねじれ、会話の底に流れる圧倒的な静けさ、輪郭のくっきりとした情景描写、等々の彼独自の要素が、素朴な形で色濃く浮き彫りにされている。解題で村上春樹も書いているとおり、カーヴァーの懐《ふところ》に深く飛び込んでいったかのような、懐《なつ》かしさを感じるのだ。

特に『薪《まき》割り』にその傾向が強い。夫婦二人の家庭に、よその土地から、下宿人の男がやって来る。男はアルコールの問題で家族を失おうとしている。一方、夫婦は共働きの質素な暮らしをしている。夫は昔の事故で片手の自由を失っている。そしてその肉体的欠落が、全くの偶然に、ある救いをもたらす。

カーヴァーの小説は、人生において最も大事な救いは、いつも偶然によって巡ってくることを暗示している。人生がいかにささやかな物事によって支えられているかを、実感させてくれる。

小説と同時に収録されているインタビューを読むと、カーヴァーの謙虚さがよく伝わってくる。身体と不釣り合いな小さな声で答える彼の姿が目に浮かぶ。謙虚でなければ、偶然の意味を読み取ることはできない。改めて、この貴重な作家が、あまりにも早く旅立ってしまったことの哀しみが胸に迫ってくる。

＊レイモンド・カーヴァー著　村上春樹訳『必要になったら電話をかけて』中央公論新社

時間と空間を宙に浮かんだ塊に彫刻してゆくような小説の数々

例えばいつだったか、犬の散歩から帰ってみると、家の前に茄子《なす》が一個落ちていたことがあった。それは平然と、確かに横たわっていた。新鮮につやつやと光った、美味《おい》しそうな茄子だった。

やがて小雨が降りだした。けれど茄子の下のアスファルトだけは、いつまでも濡《ぬ》れずに乾いたままだった。私と犬はしばらくたたずんで、一緒にその風景を眺めていた。こんな時、私はつぶやく。「短篇小説のようだ」と。

つまり私にとって、短篇小説とはこういうものなのだ。ありきたりの世界の、そこだけが特別な光で照らされ、くっきりと浮き上がってくるような感じ。その光に導かれ足を踏み入れてゆくと、底知れぬ空間が隠れていて、恐れにも似た気持ちが湧《わ》いてくるような感じ……とでもいうのだろうか。

『夜の姉妹団――とびきりの現代英米小説14篇』は、短篇の喜びを十二分に備えている。読み終わった時、だから私は短篇が好きなのだと、思わず声を上げたくなる。

ここに収められた作品は雑誌『エスクァイア日本版』に掲載されたもので、柴田元幸さんが面白いと思ったかどうかがほとんど唯一《ゆいいつ》の選択基準となっている。それに優《まさ》る基準はないだろうと思う。

訳者がその作品をどれだけ愛するかが、翻訳文学の生命線であるという、当たり前だけれど忘れられがちな問題を、私に最初に示してくれたのが柴田さんだった。今回も柴田さんのわくわくするような胸の高鳴りが、本の隅々に響いている。

誤解を恐れず、大変乱暴な言い方をしてしまえば、上質の短篇小説には二つの種類があるのではないかと思っている。時間なり空間なりを鋭い刃物でスパッと切断した、その切り口を読ませる小説。もう一つは、宙に浮かんだ塊に彫刻してゆくような小説。独り善がりの分類法によると、『夜の姉妹団』の十四篇は例外なく後者に含まれる。

十四篇の中で展開されるのは、圧倒的な想像力である。なにものにも媚《こ》びない、一切の啓示や暗示を含まない、毅然《きぜん》とした想像力が自由自在に動き回っている。少女たちは秘密の営みのため夜の森に消え、刑務所帰りの男は家主の名前を思い出すためポルノ映画館に暮らし、妻はキャットフードの缶のラベルはがしと、刻み包丁の技術を習得してゆく。

どの作品も四百字詰め原稿用紙で四十五枚程度だというのに、空間の広がりは果てがない。施された彫刻は思いも寄らないラインを生み、瞬《まばた》きすると不意に深い暗闇《くらやみ》が現れ、気を許して触ろうとするとどんなに手を伸ばしても届かない。この想像力の自由な飛翔《ひしょう》は、しばしば私を嫉妬《しっと》させた。

短篇集を読むと、聞かれもしないのに、どの作品が一番だったか喋《しゃべ》りたくなるものである。さて、どれが一番だろう。『いつかそのうち』(ジェームズ・パーディ)の、潔《いさぎよ》いほどの絶望感もよかった。『ラベル』(ルイ・ド・ベルニエール)の口にテリーヌの味が残るような不気味さもおもしろかった。『僕たちはしなかった』(スチュアート・ダイベック)に登場する、雨に濡れたブリーフも捨てがたい。

しかしベストワンは『結婚の悦《よろこ》び』(レベッカ・ブラウン)にしたい。何という企《たくら》みであろうか。最初の一ページめ、〝あなた〟が「ドンとマーサだ」と言う、その不吉な響きを聞いた瞬間から、私は言葉の深みに足を取られ、抜け出せなくなってしまった。

「短篇集は売れないんですよね」などと口にする編集者がいる。自分の作家としての責任は置いておいて、そんな編集者にはこの本を突き付けたい。

＊ 柴田元幸編訳『夜の姉妹団　とびきりの現代英米小説14篇』朝日新聞社

イーサン・ケイニンの宿命

七、八年前、『アメリカ青春小説特集』という臨時増刊の雑誌の中で、イーサン・ケイニンは次のように語っていた。

「いい作家になるには、どんな人間も許すことのできる人間でなければ駄目だと思う。人を理解するために、小説を書く。そうでなければいい小説は書けない。……」

今回の中編集『宮殿泥棒』を読むと、彼がまだ小説に対するその真摯《しんし》な希望を持ちつづけているのがよく分かる。脆《もろ》い存在でしかない人間たちを、軽蔑《けいべつ》したり見捨てたりすることなく、粘り強く言葉で再構築しようとしている。

収められた四つの物語には、真面目《まじめ》で小心者の会計士、仕事机のクリップをきちんと並べてくれる娘、意味不明の言葉を喋る天才の兄、こよなく野球を愛する中年男、凡庸で孤独な歴史教師、等々いろいろな人物が登場するが、読み終わったあとでもずっと、一人一人の姿形、口のきき方、家族との関係から心の傷の有様まで、くっきりと浮かんでくる。つまりそれだけ彼が、彫刻を彫るように、人物を緻密《ちみつ》に創造しているということだろう。

しかもある場面の、何でもない会話や仕草から、心の奥底を一瞬にしてすくい上げたりする。たとえば、大きな取引をふいにしたあと、無口で色黒の娘と一緒に、会計士が夕暮の中にたたずむ場面。あるいは、長年連れ添った奥さんが突然家を出ていった夜、朝食室に座り、新聞を手に取り、これを読みつづけなくては、と男が自分に言い聞かせる場面。どちらもささやかな数行なのに、立ち止まり、繰り返し読み直さないではいられない。

四つの作品を通し、〝人格は宿命なのだ〟という言葉が二度出てくる。主人公たちはみな、身近な人物との関わりあいの中で、どうしようもない傷を負ってしまう。相手を求め、うらやみながらも、そんな自分が許せず、出口の見えない自己嫌悪《けんお》に陥ってゆく。そして、本当は自分はどう生きるべきだったのかという、あまりにも深大な疑問を抱えることになる。相手を責めるためではなく、自分に言い聞かせるために、彼らはみな人格は宿命なのだとつぶやく。

しかし投げやりになっているわけではない。むしろどの作品も、決して楽しい話ではないのに、どこかに必ず励ましと救いを隠し持っている。四つのラストシーンには、人間は結局、宿命を生きるしかない、そういう自分を受け入れることからすべてがスタートする、という余韻が感じられる。その証拠に、最も悲劇的なラストを迎える『バートルシャーグとセレレム』に、私は最も強くそれがあらわれているように思う。ハーバード大学出身のお医者さんでもあるイーサン・ケイニンが、これほどまでに真っ正面から小説に立ち向かっている姿を見せられると、ずっとただ小説しか書いてこなかった私は、なぜかわけもなく励まされる。やっぱり私も小説を書いていこう、と思う。

＊イーサン・ケイニン著　柴田元幸訳『宮殿泥棒』文藝《ぶんげい》春秋

アンネ・フランク展に寄せて

真夏の一日、京都へアンネ・フランク展を見に行ってきた。京都は六年ぶりだった。その時は、講演のために来日していた、アンネのユダヤ人中学時代の親友、ジャクリーヌさんと夕食をご一緒した。

ご主人、通訳、出版社の人々を交えた夕食会は親しみに満ちたものだった。十二日間にも及ぶ長い講演旅行を終え、明日はオランダへ帰るという日だったので、ジャクリーヌさんもリラックスしていた。運ばれてくる京料理の美しさに感嘆の声を上げ、一皿一皿、写真に撮っていた姿が今も思い出される。

その場にいた誰も、敢《あ》えてアンネ・フランクの話題を持ち出さなかった。日本に来てからずっと、ジャクリーヌさんはそのことについて語り続け、質問に答え続けてきたのだから、もう十分だと互いに感じ合っていた。私たちはヨットや、音楽や、釣りや、子供や孫について話した。

ただ一度の例外は、会食の終わりにジャクリーヌさんが、手厚いもてなしについてのお礼を述べたあと付け加えた、次のような一言だった。

「でも、本当にこのもてなしを受けるべきは、アンネでした」

アンネ・フランクについて学び、見聞きしてきたなかで、私の心に最も深く刻まれたのは、人種や立場の違いに関係なく、生き残った人々がしばしば見せる、一種の謙虚さだった。

世界一有名な日記の作者について、皆が何かしらを知りたいとうずうずしている。目の前にいる人が、その同じ瞳《ひとみ》でアンネ本人を見た、という事実だけで興奮している。なのに貴重な記憶を持っているはずのその人は、場違いな所に引っ張り出され、申し訳なくてたまらないといった様子でうつむいている。生き残ったことが、まるで自分が引き起こした誤りの結果ででもあるかのように振る舞う。講演会の時、聴衆から質問されても、小さな声で、ほんの一言か二言しか答えないジャクリーヌさんに、通訳が困った表情を向けるのを、私は何度も目撃した。

自分が生き残った幸運よりも、死んでいった人々の苦しみに心を寄せるこうした謙虚さは、私に人間の善の在処《ありか》を教えてくれる。

アンネも日記にこう記している。

『なぜならいまでも信じているからです——たとえいやなことばかりでも、人間の本

性はやっぱり善なのだということを』（深町眞理子《まりこ》訳　文藝春秋）

困難な隠れ家生活にあっても、彼女がいじけることなく、人間の最良の部分を見失わなかったのは、まわりの大人たちの努力が大きかったと思われる。特に、命の危険をかえりみず、隠れ家の住人たちを救うために力を尽くした支援者たち。彼らが、ユダヤ人をガス室へ送り込む人間たちの対極に、常に毅然と存在した事実が、アンネの精神をも保護していた。

ホロコーストは間違いなく、残酷さや絶望の象徴である。なのに私はそこから善を学ぶことができる。その不思議を、感謝すべきものとして受け止めながら、会場へ向かった。

今回のアンネ・フランク展では、世界初公開の資料、遺品が多く展示されている。特に、父親オットーに関する品々と、戦後彼が再婚したエルフリーデの一族の軌跡が印象的だった。

以前、フランクフルトで見学したのは、アンネの一生とナチスドイツの歴史を二本の軸とした、パネル中心の展覧会だったが、今回はその軸がいくつにも枝分かれし、横への広がりを見せている。従って、より厚みのある時間の流れの中で、アンネをとらえることができる。

　オットーの遺品が多いのは、おそらくエルフリーデさんが一九九八年に九十三歳で亡《な》くなり、スイスのバーゼルの自宅にあった個人的な品々が、公開されるようになった結果だろう。彼女もまたホロコーストで夫と息子を失い、娘とともに強制収容所を生き延びた女性だった。

　二人の娘を撮影したライカのカメラがあり、親類や友人に読んでもらうため日記をドイツ語に翻訳したタイプライターがあり、世界を旅行した折りのスーツケースがあった。スイスの国旗のピンがついたネクタイ、革の手袋、イニシャル入りの財布、書き込みの詰まった手帳もあった。

　それらを眺めながら、日記を世に出した功労者である父親オットーもまた、死後二十年たって、アンネと一緒に歴史の一行に刻まれたのだと実感した。そして同時に、アウシュヴィッツで見た光景をダブらせないではいられなかった。

　例えばスーツケース。アウシュヴィッツの展示ガラスケースの向こう側には、ありとあらゆる種類のスーツケースが、人の背丈よりも高く山積みにされていた。それらは無造作に放り投げられ、互いをいたわるように寄り添い合い、決して消え去ることのない苦痛に耐えていた。中には子供がお出かけする時持って行く、籐《とう》で編んだ可愛《かわい》らしいバスケットも混じっていた。多くのスーツケースには、あとでちゃんと手元に戻ってくるよう、大きな字で住所と名前が書いてあった。

アウシュヴィッツに着いた時、フランク家の人たちもたぶんスーツケースを提げていたはずだ。それらはいともあっさりと取り上げられ、持ち主の思いなど無視されたまま、ドイツ軍の戦利品にされた。

ところが今、自分の目の前にあるオットーのスーツケースは、湿度計のついたガラスの箱の中に、大切に保管されている。それが遠いスイスから、どれほど慎重に運ばれてきたか、実際に目にしなくても思い浮かべることができる。

その対照的な扱いの違いは、ホロコーストの愚かさをよく表わしている。また、隠れ家へ踏み込んだゲシュタポたちが、価値なしとみなしたアンネの日記を、生き残った人々が救い出し、二十世紀の遺産としてくれたことに、改めて感謝したくなる。

アンネの死について、私を最も感傷的な気持にさせたのは、自分でも不思議なことに、有名なチェック柄の日記帳ではなく、フランク家に代々伝わる食器類が並べられた、テーブルセットだった。白地に金縁の入った上品な食器、刺繍《ししゅう》入りの真っ白なクロスとナプキン、磨き込まれた蠟燭《ろうそく》立て、銀製のナプキンリング……。すべてが完璧《かんぺき》にそろっていた。美しく、清潔で、どこにも欠けたところがなかった。

なのに、そこに座るべき人たちは殺されてしまった。最後まで子供を守ろうとした母親も、聡明《そうめい》な娘たちも、そのテーブルに着くことはできない。その理不尽さが胸に迫ってきた。

会場の出口近く、一枚の写真に目が留まった。ハヌカーの祭りの時撮られた、オットーと孫娘の写真だった。エルフリーデの娘エヴァは、アンネと誕生日が一ヵ月しか違わず、のちにロンドンで結婚し、三人の女の子の母親になった。

オットーは小さな紙切れに何か書こうとしている。孫娘は待ちきれないという様子で、オットーにぴったりと身体《からだ》を寄せている。テーブルにはハヌカー祭りに使う燭台《しょくだい》が飾られている。

どうということもないスナップだが、しばらくそこで立ち止まってしまった。オットーの晩年が決して孤独でなく、失った二人の娘に受け継がれるはずだった彼の人間性は、確かに次の世代に伝わっているという、証拠を示しているような写真だった。

会場はずっと静けさが保たれていた。ただ、自分の子供に展示パネルの説明を読んでやる母親たちの声が、そこかしこで聞こえるだけだった。

学校の図書館で、毎週「世界の伝記」シリーズばかり借りて読んでいた息子が、ある日言った。

「ママ、このシリーズで、一番若くして死んだのは、アンネ・フランクだよ。たったの十五歳」

いたわしくてならない、という口振りだった。若くして死ぬのは、もうそれだけで耐えがたい悲劇だ。十一歳の息子でも、その不幸を本能的に感じ取っている。

初めて『アンネの日記』を読んだ時、私は彼女と同い年の十三歳だった。小説を書きはじめ、作家となり、その間もずっと日記を読み続けてきた。そうしたらいつの間にか、自分の子供が、アンネが日記帳をプレゼントされた歳《とし》に近付いていた。

斎藤真一の『星になった瞽女《ごぜ》』

〝絵画の小宇宙〟というテーマをいただいた瞬間、斎藤真一さんのことを書こうと決めた。一枚の絵の中に隠された世界を言葉で探索してゆくのに、これほど魅力的な画家はいないだろうと思った。

そう感じた理由の一つは、斎藤氏が画家であるのと同時にすぐれた文章家であったことが、関係しているかもしれない。瞽女さんでも吉原《よしわら》でも、心打たれる対象に出会うと、絵に描くのと同じように本も著し、エッセイストクラブ賞まで受賞している。

これは私の想像だが、言葉の持つ力と、絵の持つ力が、画家の中で時に融和し、時に火花を散らしてゆくなかで、作品が生まれていたのではないだろうか。だからこそ、出来上がった絵には、物語がにじみ出ている。題材の背景や、もちろん著書の存在など知らなくても、そこに描かれたものたちが語りかけてくる声を、聞き取ることができるのだ。

では、どの絵を選ぶか。生前プレゼントしていただいた画集をめくり、私は大いに迷った。ラッパ吹きやパントマイムや田舎劇場を描いたヨーロッパのシリーズも好きだし、メリーゴーランドの絵も思い出深い。いや、むしろ宇宙というキーワードからすれば、ブリキの幻燈機《げんとうき》やランプやアコーディオンを描いた静物画の方が、いいかもしれない……。などとあれこれ考えながら、幸せなひとときを過ごした。

しかし、やはり、瞽女さんを選ぶべきだろう。ジプシーを追ってヨーロッパを放浪し、言葉も血液も違う彼らの心をつかむのに、どうしても観念の中から抜け出せないもどかしさを感じた斎藤氏は、帰国の翌年、盲目の旅芸人である瞽女さんの存在を知る。以来、十余年にわたって瞽女宿を巡り、生活に直《じか》に触れ、同じ越後《えちご》の山を歩いて、ほとんど社会から忘れ去られようとしていた彼女らの存在を、丹念に掘り起こしていった。越後高田で瞽女杉本キクエさんに会った時、〝はじめて人間に出会えた感動にとらえられてしまった〟と、斎藤氏は記している。

つまり斎藤氏は、瞽女さんを描くことによって初めて、本当の人間を表現できたのである。

みさお瞽女はおそらくまだ若いに違いない。顔には年齢以上の重い時の流れが刻まれているが、着物の柄と独特な赤色が可愛らしさを醸《かも》し出している。またⅰだからこそ余計に、悲しみの深さを象徴するような空の暗黒が、胸に迫ってくる。

斎藤真一 『星になった瞽女（みさお瞽女の悲しみ）』
（倉敷市立美術館蔵）

三味線を包む布は、赤と灰色と黒の素朴なデザインで、その風合いから、よく使い込まれたものであるのが分かる。帯留のグリーンは何かの石だろうか。そこだけ特別な色を与えられているように感じる。もしかしたら、大事な誰かの形見ではないか、と思いを巡らす。

越後の雪景色であるはずの背景は、もはや現実としての役割を終え、雪も風も止《や》み、空気さえもが消え去って、完全な静寂に満たされている。

どっしりとした腰回りに比べ、腕はとても細い。三味線を置いた手は頼りなく、寂しげだ。左の目からは、一粒、涙がこぼれ落ちそうになっている。その涙と、空の星が今にも一つに重なり合って、闇《やみ》に光を放とうとしている。みさお瞽女の死が、星に生まれ変わろうとする瞬間だ。

瞽女さんは目が見えないのに、星の持っている本当の姿を、見ることができる。最後に、正直に書いてしまおう。私が斎藤氏を取り上げた一番の理由は、あれほど素敵な紳士に、出会ったことがないからだ。お洒落《しやれ》で、話題が豊富で、女性を敬って、瞳が美少年――。

久しぶりに『星になった瞽女（みさお瞽女の悲しみ）』をしみじみと眺め、もう二度とあの瞳に出会う機会はないのだと思い知らされ、胸が苦しくなった。

科学と物語の親しさ

悲恋……。何とはかなく、懐《なつ》かしい言葉だろうか。心中、駈《か》け落ち、片思い、等々とともに、今の文学からはすっかり忘れ去られた存在であったはずの悲恋という言葉を、手塚治虫《おさむ》の作品の中に見出《みいだ》せるとは、新鮮な驚きだった。

悲恋が成立するための第一条件は、互いの思いの純粋さに反比例する、障害の大きさと結末の残酷さだろう。『手塚治虫悲恋短編集』（講談社）に収められた七作品は、見事なほどの忠実さでこの基本形態を体現している。

例えば、『暗い窓の女』では、愛し合うのは兄と妹であり、二人の間に横たわる障害は、神以外に除去不可能な遺伝子の問題なのだ。あるいは『ＳＨＡＭＭＹ１０００』では、異星人と地球人がお互いに愛を感じていながら、それを交流させる術《すべ》を見出せず、どんどん追い詰められてゆく。結局、どちらの作品も、最終的に行き着く先は、死より他にないのである。

もっと分かりやすい例で言えば、『ロビオとロビエット』が挙げられるだろう。題名から推察されるとおり、これは悲恋物語の決定版『ロミオとジュリエット』を下敷きにしている。

敵対する一族に製造されたロボットたちは、人間の争いの手先とされ、なぜそうしなければならないのか訳も分からないままに、相手を攻撃してしまう。アトムが懸命に仲介しようと努力するなかで、やがて二つのロボットが心を通わせるようになる。しかし人間たちの手によって造り上げられたロボットは、彼らの支配から自由になることはできない。最後、二体のロボットが選んだのは、人間たちを和解させるために、自分たちが犠牲となる道だった。

二つの一族がなぜ敵対しているのか、その理由については一切説明がなされていない。だからこそ余計に、一つに溶け合い脈打っている人工心臓のかたわらで、号泣する人間たちの滑稽《こっけい》さ愚かさが虚《むな》しさを誘う。

七作品のうち、結末に死を伴わないものが二つある。『1985への出発《たびだち》』と『白い幻影《まぼろし》』だが、ならばこれらが他の五作品よりも悲劇性が薄いのかと言うと、そうとも断定できない。むしろ、死の潔《いさぎよ》さ、のような所へ逃げ込めない分、より複雑な切なさが残る。

『1985への出発《たびだち》』の主人公である浮浪児の少年と少女は、未来を見てしまったために、別々の道を歩む決意をする。よりよい自分を生きるために、未来に約束された安住の地を切り捨てる。戦争で傷ついた少年と少女が、愛の芽生えを感じながらそれを封じ込め、別れてゆく場面は、本書の中で最も印象深いラストシーンだった。

一方『白い幻影《まぼろし》』は、取り返しのつかない過去がもたらす悲劇である。しかも単なるセンチメンタルな哀《かな》しさではなく、肉体的実感を伴ったすごみさえも兼ね備えているのだ。

最初、影となった男と、生き残った女の、結ばれようのない悲恋が描かれているのかと思って読み進んでゆくと、最後、いい意味で裏切られることになる。用意された結末には、こちらの予想をはるかに越える残酷さが込められていた。愛する一人の男と、二度までも苦しい別れをしなければならなかったこの女性は、愛する者と一緒に死ねた『暗い窓の女』の妹や、『サロメの唇』の遊女や、ロボットのロビエットのことを、もしかしたらうらやんでいるかもしれない。

さて、さきほど肉体的実感、という言葉を使ったが、これは手塚治虫の魅力を解く鍵《かぎ》の一つだと思う。医学を学び、人間の肉体に内側から触れた経験が、作品に否応《いやおう》なく反映されている。

本書においても、『暗い窓の女』で主人公たちの不可能な恋をより強く際立《きわだ》たせるため、手塚治虫が持ってきたのは遺伝子だった。肉体を遺伝子まで掘り下げてゆくことにより湧《わ》き上がってくる苦悩は、感情を超越した存在感を持っている。『白い幻影《まぼろし》』においては、〝目に焼き付いて離れない〟という情緒的状態を、肉体的状態に、ダイナミックに転換している。稲光によって網膜に記憶が刻印されるのだ。読者は絶えず浮かび上がってくる男の影を、単なる幻覚ではなく、網膜の痛みを伴った実感として味わうことになる。

科学のエキスを用い、肉体と感情を交わらせることで、手塚治虫はこんなにも美しい悲恋を描いてみせたのだ。

算数と理科が大の苦手で、その代わり本を読むのが何より好きで、役にも立たない空想を巡らせてばかりいた子供の頃の私に、科学の中にも物語があると最初に教えてくれたのが、手塚治虫だった。科学が解明しようとする世界は、時にどんな物語よりも神秘的であり、そこに人間が関わっている以上、必ず数値に表わせない豊かな心の働きがのぞいて見えてくる。獲得した科学技術も、それを操る人間の品性によって、いかようにも姿を変えてしまう。手塚漫画を読む楽しみは、科学と物語の親しさに身を浸す喜びでもある。

起源、洞窟《どうくつ》、影、死

パスカル・キニャールの言葉には、のみで岩に刻み付けたような強固さと静謐《せいひつ》さがある。その岩は人の手によって加工されたコンクリートではなく、人が出現するはるか昔からそこにあり続ける洞窟の壁面であり、のみもまた、年月だけの力によって形作られた石器である。彼はその石器を握り、息を詰め、一文字一文字言葉を刻み付けてゆく。

私が持つこのイメージは、ただ単純に、題材だけからくるものではない。確かにキニャールは古代ローマ、ギリシャの時代に執着し、更に果てもなく過去へとさ迷ってゆく作家であり、彼自身本書の中で、……この偏執的な過去への溯行癖《そこうへき》はどこからやってきたのだろう?……と正直に自問している。しかし題材を越えたところで、連なる言葉たち自体が、形や意味を与えられる以前の響きを帯びているように感じる。響きは滑らかに流れ去ってゆかない。ひんやりとした岩に反響し、いつまでも耳の奥で渦巻いている。鼓膜にはざらりとした砂利が残る。

彼にとって過去と同じくらい大切なテーマが、音楽であるのはよく知られている。父方の家系は職人オルガニストで、キニャールはチェリストでもある。本書の題名『さまよえる影』は、フランソワ・クープランのクラヴサン曲から取られている。

なのに彼の言葉のリズムが呼び起こすのは、鍵盤《けんばん》からあふれるメロディーでも、流れるような弦の震えでもなく、音楽と呼ぶにはあまりにも一途《いちず》な、岩に打ち付けられるのみの響きだ。

その理由は、彼の視線が常に一点に集中しているからだろうと思われる。実際には視線は時空を越えて自由に旅をしているのだが、産卵のために川を遡《さかのぼ》る鮭《さけ》が、瞬間、停止して見えるのと同じで、彼の目はぶれることなく、次の言葉を刻むべき岩の一点をただじっと捕らえているかのように見える。

そうでありながら尚《なお》、キニャールの文学が音楽的であることに、私は最大の魅力を感じる。彼は耳を澄ましている。孤独で冷たいのみの響きの底から立ち上ってくる、あふれる死者たちの声と体温を耳で感じ取ろうとしている。他の誰にも聞き取れない過去の音に耳を澄ます、その時の息遣いこそが、彼の生み出す音楽なのだ。

『さまよえる影』は五十五の章からなる断片集で、彼の思索の軌跡そのもの、という以外に表現のしようがない本である。思索は古代から近世を行き来しつつ、時に現代社会の事件を突き、時には胎生動物の起源へと飛翔《ひしょう》してゆく。取り上げられる人物たちもバラエティに富んでいる。皇帝、詩人、哲学者、司教、神学者、著作家、大統領、批評家、修道士、作曲家……。唐の文人や室町時代の能作者も出てくれば、谷崎潤一郎も登場してくる。ページをめくるうち、博物館を探索しているような錯覚に陥る。

しかし、語られる事柄の種類は、登場人物たちの多様さに比例してはいない。キニャールが表現しようとしたのは、ほんの二つか三つ、もしかしたらたった一つ、の事柄ではなかったかという気がする。

まず、起源という言葉が、文字どおり重要なスタート地点となる。

「われわれは、自分が存在する以前に、誰が自分をつくり、何が自分をつくり、どうしてそうなったのか、その声を聞いたわけでも、その姿を見たわけでもない。人は、自分が存在する前には存在していないということを忘れているというわけだ。……われわれは闇のなかで形作られたものだ。闇のなかで受け身に。われわれは、まぶたのない影の耳の果実だ」(第二章)

「起源の見失われた存在」(第四章)

キニャールは自己以前の世界で何かを聞いたと、嘘《うそ》をついてはいけないと言っている。人々は生まれ落ちた瞬間から既に欠如を抱えている。起源を見失っている。その欠如を、取り返しのつかないことを愛すべきなのだ。喪失から目をそらさず、そこに身を沈めて苦悶《くもん》するところから、はじめて自分にとっての最初の太陽、起源の光が差してくる。

彼はただ、何かを聞くためだけに耳を澄ませているのではないのが分かる。自分の起源という、自身にとって最も切実なはずの場所が、空白無音であることの恐怖に耐えているのだ。そうやってようやく、〝不揃《ふぞろ》いな屑石《くずいし》〟の一粒である自分を掬《すく》い上げ、それを磨き慈《いつく》しむことができるようになる。

起源の問題と並行してしばしば、洞窟という言葉が浮上してくる。一番最初に私が用いたのと同じ意味での洞窟である。

「種族となる以前の人類は、自分の夢に包まれるように、壁画の描かれた洞窟にくるまれていた」(第十七章)

「洞窟の闇は、山見る夢だ。

その壁は、目蓋《まぶた》の内側の、人間の皮膚だ。……

二つの偉大な発明。山のなかの洞窟、言語のなかの本。

なぜなら、頭蓋《ずがい》の基礎をなしたのは洞窟だから」(第四十三章)

人間はそこへ潜むことによって、闇の中に世界を再現するための方法を獲得した。

壁面に絵を描き、言葉を刻んだ。狭く暗い場所に自らを閉じ込めてはじめて、広大な世界の成り立ちに思いを巡らせることができた。つまり精神の起源は洞窟にあり、人間はその洞窟を自らの内面に抱える存在となったのだ。

「われわれの不意を突いて襲ってくるものは、つねに、すでに心に刻まれていたものなのだ」（第二十一章）

この一行は、過去の囚《とら》われ人キニャールの本質を表現しているように思えて興味深い。人は誰でも生まれたばかりの時から過去を抱え、その起源を知らず、あたかも記憶できる時間だけが自分の過去であるかのように錯覚している。しかし本当に自分が何者であるかを知るためには、洞窟に刻まれた言葉、〝すでに心に刻まれていたもの〟を解読しなければならない。だからこそキニャールは、過去を旅し続ける。

もう一つのキーワードは影だろう。ローマ人最後の皇帝シアグリウスは死の間際、「影ハ何処《いずこ》ニアリヤ？」と自問した。キニャールはそれを、「死はどこにある？」と言い換える。過去へと置き去りにされる自分の影に、意味を与えてくれる者がいるだろうか、という解釈を加える。

影は暗闇《くらやみ》に飲み込まれ、しかし決して消え去りはせず、生者の洞窟に潜み続ける。生者が耳を澄ます人間であれば、影の示す形、死の意味を、微《かす》かに感じ取れるかもしれない。こうして起源、洞窟、影、死が一つの輪につながり合う。

二年前、来日したキニャールと昼食をともにする機会があった。著書にサインをしてくれた彼の字は、のみで刻み付けるといった雰囲気からは程遠く、慎《つつ》ましげでか細かった。

＊パスカル・キニャール著　高橋啓訳『さまよえる影』青土社

翻訳者は妖精《ようせい》だ

私の小説をフランス語に訳してくれている翻訳者は、医学部に進学したものの、途中から東洋文学に方向転換した女性なのだが、今年の六月、初めてパリで会った折り、

「自分にとって翻訳は、とても論理的な作業だ。真っ白い紙に、何でもいいから書けと言われたらお手上げだけれど、オガワさんの小説が目の前に差し出されると途端に、フランス語に移し替えてゆく論理の中に、自己を実現することができるようになる」

という意味のことを語った。

私が書く物語は論理的とはほど遠いのに、彼女がその言葉を使うのは、やはり元々理系の思考回路を持つ人だからだろうと、その時は単純に考えていた。

しかし、理系、文系、など陳腐な分類には関係なく、文学について話す時、彼女との間に不思議な親密さが通い合うのは間違いない事実だった。それはかつて、編集者にも文芸記者にも感じたことのない種類の、温かみに満ちた確固たる親密さだった。

ただ、その感情がどういう回路を通ってわいてくるのかは、うまくつかめないままだった。

今回、村上春樹と柴田元幸が、なぜ自分たちはこんなにも翻訳が好きなのかについて自由に語り合った本書、『翻訳夜話』を読んで、パリで感じたものの正体が、少しずつ見えてきた気がした。つまり、村上氏の言葉を借りて言えば、〝親密で個人的なトンネル〟なのだろうと思う。

テキストにとって翻訳者がかけがえのない存在になること、文章の骨の髄を自分だけが摑《つか》んでいる確信を持つこと、の大切さについて、村上氏は説いている。そして翻訳者がテキストに抱く信頼を、〝親密で個人的なトンネル〟にたとえる。

フランス人翻訳者との間に通じた温かみは、たぶんこのトンネルを伝ってきたに違いない。トンネルを掘り、物語を探索した向こう側に、書き手である私がいる。私たちは誰にも邪魔できない、二人だけの秘密の通路を共有し合うことになる。

さて、村上氏、柴田氏の翻訳に対する愛情が同質のものであることは、一読すればすぐに分かる。特にお二人は、文章に現われる原作者の声のうねりを重要視する。翻訳のできない私には、うねりについて的確に説明するのは難しい。たぶん、私自身、いい小説を読んで言葉を失うような衝撃に浸っている時、そのうねりに吸い込まれているのだろうと思う。自分が小説を書く時、どうやって文章にうねりを持たせたらいいのか、となると見当もつかない。

ただ、カーヴァーの『COLLECTORS』とオースターの『オーギー・レンのクリスマス・ストーリー』を、お二人がそれぞれに訳した章は、大きな手掛かりを与えてくれる。同じ小説の二種類の訳を読むと、いかに翻訳者が注意深く自己の息をひそませ、作者の声に耳を澄ませているかが伝わってくる。当然、言葉の選択やつながり、文章の切り返しは違っているのに、決して揺らぐことのない、あらゆる差異にも損なわれることのない共通の響き、つまりはうねりが存在しているのである。

一方、本書のもう一つの魅力は、共通点を確認し合いながらもどうしても生じてくる、愛情の表現方法の微妙なずれにある。村上氏は翻訳によって他者の小説から何かを学び取ろうとするし、柴田氏はあくまで、英語で得た情報をどれだけ効率よく日本語で伝えられるかにこだわる。乱暴な決め付けを許してもらえば、村上氏は優れた翻訳者である一方で、やはり書き手なのであり、柴田氏は究極の地点まで行ってもやはり変わらず、優れた翻訳者なのだ。

従って村上氏は、翻訳について語りながら、しばしば小説を書く行為に言及している。そうなることを見越して、柴田氏が上手に話の流れを作っているようにも見える。

小説を書くという〝生命線〟について直接的に語る機会の少ない作家だから、ファンには貴重な肉声となるだろう。

〝小説を書くというのは、簡単に言ってしまうなら、自我という装置を動かして物語を作っていく作業です。（中略）我を追求していくというのは非常に危険な領域に、ある意味では踏み込んでいくことです〟

思いがけずこうした直球を受け取れるところに、本書を読む喜びがある。

翻訳と小説を書くのとでは、脳の使われる部分が違うと村上氏は言うが、それは実践上の話であり、言葉の世界への偏愛に突き動かされる点では、どちらも同じだと思う。すばらしい小説に浸りたい気持と、すばらしい小説を書きたい気持は、元をたどれば同じ源泉からあふれてくるものだろうし、またそうでなければならないはずだ。

最後に、最も深い共感を覚えたのは、柴田氏が翻訳者を、作家が寝ている間に働いている小人だと分析した部分だった。柴田氏は自虐《じぎゃく》的に皮肉を込めて発言しておられるようだが、私は心からの感謝の念を込めて、まさにその通りだと言いたい。

外国から自著が届く時、私はいつも興奮してしまう。自分の書いた小説が、自分の理解できない言葉に生まれ変わる。これほど魅惑的な体験が他にあるだろうか。作家にとって翻訳者は、小説に魔法の粉を振り掛けてくれる妖精なのだ。

＊ 村上春樹・柴田元幸著『翻訳夜話』文藝春秋

烏城《うじょう》と後楽園と四つ角ホテル

岡山県郷土文化財団が主催する、吉備《きび》の国文学賞の選考に関わるようになってから五年ほど経《た》つが、最初は正直に言って気が重かった。応募規定に岡山をテーマにした作品であること、と明記してあったからだ。

書くべきおもしろい物語が、いったい岡山にどれほど転がっているというのだろう。そんな制約を受けたら、作品はすぐに行き詰まってしまうんじゃないだろうか。そう心配していた。

ところが実際審査に当たってみて驚いた。どの作品も実にバラエティに富んでいる。国吉康雄《くによしやすお》、内田百閒《ひゃっけん》、吉備真備《きびのまきび》、備前焼、高梁川《たかはしがわ》、鬼ノ城《きのじょう》……。しかも毎年毎年、新しい題材が登場し、飽きないのである。

穏やかな気候に誤魔化され、日頃見過ごしている何気ない風景の片隅、歴史の一面に、これほどまで豊かな物語の源泉が隠れていようとは、意外だった。

やはり自分の故郷をあるがままの姿で評価するのは、難しいのかもしれない。理由もなく謙遜《けんそん》したり、照れたりしてしまう。自分だけの消し去れない記憶が、あちこちにしみついているせいだろう。

私は後楽園の近くで生まれ育った。家の裏口を出て、用水路に沿った道をしばらく行くと、小さなホテルのある四つ角に出る。そこを走り抜けると視界がぱっと開け、旭川《あさひがわ》と烏城が目の前に見えるのだった。

小さい頃から、私はそのホテルが気になって仕方なかった。巨木の緑に半ば覆《おお》われ、玄関は薄暗く、いつもひっそりとしてあまり繁盛《はんじょう》はしていない様子だった。私は勝手に、幽霊が住み着いているに違いないと思い込んでいた。

薄気味悪いのに好奇心はつのるばかりで、いつしかそこへ宿泊するのが一番の願いになった。どんなホテルであれ一度も泊まった経験がないばかりか、足を踏み入れたことさえなかったから、私にとって〝四つ角ホテル〟は様々な想像をかきたてる神秘的な場所だったのである。

旭川の土手は交通量が多く、親に立ち入りを禁止されていたので、一人で遊ぶ時の限界点がその四つ角だった。私は小枝で地面に絵を描く振りをしながら、じっとホテルの様子をうかがった。飾り気のない窓が規則正しく並んでいたが、カーテンが開いていたり、半分だけ閉まっていたり、昼間なのにオレンジがかった明かりがともっていたりした。時折ガラス越しに人の影が横切ったりすると、私の想像力は沸点に達した。

あの部屋には老いた小説家がもう何年も宿泊している。あまりにも歳《とし》を取りすぎて自分でも何歳なのか分からないくらいの老人だ。真夜中、小説家はタイプライターを打つ。指が震えるのでキーの音がまるですすり泣いているように聞こえる。ある夜、隣の部屋に泊まった美しい少女が目を覚まし、その音に誘われるまま老人の部屋の扉を開ける。すると振り向いた小説家の顔が……。

いつのまにか夕暮れが迫っていて、相生橋《あいおいばし》の向こうにある県庁から「家路」が流れはじめる。このメロディーが鳴り終わるまでには帰らなければならない。私は立ち上がり、小枝を投げ捨てた。その頃にはもう、後楽園の緑とお城が夕焼けに染まっている。

従って、私が四つ角を通り過ぎ、土手を越え、旭川を渡って後楽園へ行く時は、必ず家族が一緒だったということになる。お弁当を持ってあのあたりを散策するのが、我家の唯一《ゆいいつ》のレジャーだった。

春が近づくと待ちかねたように土手で土筆《つくし》を摘んだ。あたり一面が土筆だった。飽きると弟と二人、段ボールをお尻《しり》に敷いて土手を滑り降りた。よもぎが潰《つぶ》れていっせいに草の匂《にお》いが立ち上った。光を受けた川のきらめきと草の匂いが、私にとっての春の印だった。

旭川を渡る橋はいくつもあるが、私が一番好きだったのは、名前もついていない木製の橋だった。もしかしたら何か名前があったのかもしれないが、とにかく半分壊れかけていて、歩くとミシミシ音がした。わざと橋の上でぴょんぴょん飛び跳ね、弟を恐《こわ》がらせるのも私の楽しみの一つだった。

ところがある時、台風の次の日に行ってみると、橋が見事に流されていた。泥水が橋のあった場所をすっかり飲み込んでいた。その風景を見つめていると、濁流の中を弟が流されてゆくような錯覚に襲われ、私は本当に恐ろしくなったのだった。しばらくして橋は復旧したが、なぜか作り直された橋もボロボロで、以前と何も変わっていないように見えるのが不思議だった。

我家がお弁当を広げる場所は、たいていお城の前に広がる芝生の上と決まっていた。なぜならそこは入場料がいらなかったからである。

私たちは後楽園の中に入ることはなかった。わざわざ入場料を払わなくても、お堀の周囲を歩くだけで十分きれいだったし、お弁当を食べるのにうってつけの場所もあった。一円のお金も使わない、慎《つつ》ましい家族の休日だった。

一度、中秋の名月の日に、入場料がただになるらしいという噂《うわさ》を父が聞き付け、夜に出掛けたことがあった。ところが切符売場で、噂が嘘《うそ》であったことが判明し、そのままお堀を一周して帰ってきた。別に中に入らなくても、琴の演奏は微《かす》かに流れてきたし、お月さまはきれいに見えた。

先日、久しぶりに懐《なつ》かしい場所をタクシーで走った。行き先を説明するのに、

「さびれたホテルのある四つ角を……」

と言うと、運転手さんはすぐに分かってくれた。

けれどホテルはもう、跡形もなくなっていた。

フィクションの役割

〃もはや名前もわからなくなった人々を死者の世界に探しに行くこと、文学とはこれにつきるのかもしれない〃

これは、フランス人作家パトリック・モディアノの作品、『1941年。パリの尋ね人』(白井成雄訳、作品社) の前書に記された一文である。この一文は、ドイツ占領下のパリで行方不明になった、実在で無名の一少女の消息を、モディアノが小説ではなく、ノンフィクションの形で描いた事実に言及している。しかし私自身には、作品の手法を越え、文学の根源に触れる言葉として響いてきた。本書を読み進むうち、行先はアウシュヴィッツ、死の世界であると予感しながら、会ったこともない少女の痕跡《こんせき》を求め、パリをさまようモディアノの姿と、小説を書いている自分の姿を、いつしか重ね合わせていた。たとえテーマが直接人の生死と関わっていなくても、登場人物が一人も死ななくても、小説を書いている間中、私につきまとっているのは、死のイメージである。

これまで私が描いてきた人物たちには、ほとんどモデルはいない。一行めを書きつけ、実際に小説世界が動きはじめるまで、彼らは名前もなく、輪郭もない存在として私の中を浮遊している。彼らがどこからやって来たのか、自分でもうまく説明できない。

ただ、一個一個石を積み上げるようにして言葉を連ねてゆくうち、次第に彼らは姿を鮮明に現わしてくる。私はどんな小さなつぶやきも聞き逃さないよう耳を澄ませ、何気ない仕草にもどんな深い意味が隠されているかと、注意を払う。時に彼らは、作者である私が想像もしなかった方向に、歩きだしたりする。慌《あわ》てて後を追うと、いつの間にか小説世界は新たな地平を獲得している。

小説がうまくゆく場合は、たいていそうだ。登場人物たちが書き手の意図どおりに動いた時は失敗する。作品そのものが持つ力によって、作者の手の届かない場所へ導かれるようでなくては、と思う。

つまり私は、物語の作り手でありながら、その世界の天上にあってすべてを操っているわけではない。むしろ私は言葉の森の地を這《は》っている。木陰から登場人物たちの様子を辛抱強くうかがっている。物語の気配を見失わないためには、ただひたすら言葉の石を積み上げてゆくしかない。

彼らは私のすぐ目の前にいる。体温も伝わってくるし、声も聞こえる。しかし、直接手をのばしても触れることはできない。言葉と現実の間には、通り抜けられない透明な幕が垂れ下っている。

もっと適切な石、もっと強固な石はないかと地面を這いつくばりながら、私はその幕越しに彼らを見つめ、元々自分の心の内から誕生した人物たちであることも忘れ、彼らが私の知らない何かを熟知し、受け入れているという事実に気づく。私が行ったことのない場所へ足を踏み入れ、そこの風に当たり、風景を瞳《ひとみ》に焼き付けているに違いないと確信する。そしてその何かとは、おそらく死であろうことも、分かっている。

人間が物語を作りはじめた最初のきっかけは、理論的に説明できない問題への恐怖心を、和らげるためではなかったのだろうか。この世界はどうやって誕生したのか、自分がなぜ今ここにいるのか、死んだらどこへ行くのか……。こうした答えの出ない疑問を繰り返しぶつけてくる自我に対し、人々は神話を編み出し、天国のイメージをふくらませ、輪廻《りんね》転生のお伽話《とぎばなし》を伝承していった。非論理的なフィクションの中に、真実を見出《みいだ》そうとしたのだ。

直面する現実が残酷で耐えがたいものであればある程、人はフィクション、物語を必要とする。例えば愛する人が死んだ時、心臓と呼吸が停止し、不可逆的に細胞が死滅し、筋肉の蛋白質《たんぱくしつ》は原子に分解され……などという説明は意味をなさない。悲しみを少しでも和らげるのは、天から舞い降りた天使がなきがらを運ぶイメージであり、あるいは、時間のうねりに乗って魂が次の世で再生する物語である。ほとんど無意識のうちに、人は自分だけのフィクションを作り上げ、そこに心を漂わせることで、現実を乗り越えようとしている。人の心にはいつでも物語があふれている。現実と死を、優しく結びつけている。作家はそのフィクションが持つ力を、言葉に置き換えているだけのことだ。

人生の答えを求め、あてもなくさまよっている人間たちに、作家が示せるのは、小説しかない。人間の内面は元々混沌《こんとん》としたものだ。いくら理性を働かせようとも、本当に知りたいことは闇《やみ》に沈んで見えない。見えないものを感じ取るための一つの方法が、物語に身を置くことだ。物語ならば、辻褄《つじつま》が合わなくても許される。胸の内で、死者を生者としてよみがえらせることとさえできる。

フィクションの世界でのみ味わえる自由を守り続けること、それが作家の責任であろうと思う。

私の愛するノート

ノートが好きだ。何の飾り気もない、手触りの柔らかい、ただの平凡なノートがいい。真っすぐな罫線《けいせん》がどこまでも連なってゆく白いページを見ていると、言葉の世界では、自分は自由なのだと感じることができる。

ノートを一番たくさん使ったのは、やはり学生時代だろう。新学期が始まるたび新しいのを買いそろえ、表紙にサインペンで『古文』や『倫理』や『数I』などと書くのが習慣だった。それらが机の上にきれいに積み重なっているのを目にするだけで、もう勉強が一段落したような気分になった。

同じ頃、毎日長い時間を掛けて書いた日記にも、少女好みのキャラクターがついたようなものではなく、ただの大学ノートを使っていた。一行の隙間《すきま》もないくらい、ページをびっしり言葉で埋め尽くしてゆくことが、十代の私の唯一の自己表現だった。

ワープロもパソコンもなかった当時、ノートは必要不可欠な相棒だった。自分を映す鏡と言ってもいいかもしれない。機械はただの機械だが、ノートは使い手の息遣いを知らず知らずのうちに写し取ってゆく。その人にしか書けない文字の形、消しゴムのかす、力強いアンダーライン、ページの角の折り目、手垢《てあか》、飲み物のこぼれた跡……。そういうものたちに彩《いろど》られた様子は、どこか秘密めいて、いとおしい。

やがて社会人になり、主婦になると、ノートを使わなくなってきた。せいぜい家計簿を開くか、あとは銀行でもらうメモ用紙に、廃品回収や町内の溝掃除の日にちを書いて、冷蔵庫に留めておくくらいのことで毎日が過ぎてゆくようになった。

こんなことではたまらないと思い、使い道もはっきりしないまま、文房具屋さんへ行って好みのノートを買ってきた。それを食卓の上に広げ、鉛筆を握り、とにかく何かを書いてみた。何か、という以外に表現の仕様がない代物《しろもの》だった。やがてそこから、小説が生まれていった。

ほとんどすべての原稿をコンピューターで書くようになってからも、小説のプランを練る時にはノートを使う。ちょっとした閃《ひらめ》きを書き留めたり、気になる新聞記事を貼《は》りつけたり、舞台となる家の間取り図を描いたりしているうちに、少しずつ物語の姿が見えてくる。あっちを消し、こっちから矢印を引っ張り、そこは重要だから蛍光ペンで囲み、あそこは伏線となるシーンを付け足し、と、そうこうしているうちにページはどんどん見苦しくなってくるが、心配はいらない。混沌としてくればくるほど物語は密度を増し、その混沌の底から、ある瞬間、書き手の思惑を越えた光が射《さ》す。すると、小説の第一行めが書き出せる時も近い。

作品が完成し、本になり、しばらく後にノートを開いてみると、何が何やらよく分からない場合が多い。物語がどこからやってきて、どんなふうに形作られたのか、最も近い場所にいたはずの作者本人にさえ、実感がつかめない。いくつ作品を書き連ねようと、私にとって物語の存在は、いつも神秘的だ。

もう一冊、秘密のノートがある。読書をしていて、文学や言葉や芸術が人にとってどれほど大切か表現した一節に出会った時、忘れないよう書き写しておくためのノートだ。

彼らは「あなたにできることはほかの人にはできないんですよ」というビルの言葉を、それこそ耳にたこができるほど聞いていても、何度でも聞きたがった。

（『「ニューヨーカー」とわたし』リリアン・ロス著、古屋美登里《みどり》訳、新潮社）

十七世紀のはじめのころに、ジョン・ダンというイギリスの詩人が書いた言葉がここに残されている。彼を直接には知らない、時代も国もちがう私が、本という伝達手段のおかげで、その言葉に触れることができる。しかも、今までに何度もその詩と出会っているのに、共感をおぼえるまでに二十年以上もの年月が必要だったことを思うと、このようにして本は待ちつづけてくれる、と安堵《あんど》もさせられる。

(『快楽の本棚』津島佑子《ゆうこ》著、中央公論新社)

アメリカの文芸雑誌『ニューヨーカー』の名物編集者だったビル・ショーンは、あなたが書くことは、あなたにしか書けない、と言って作家たちを励ました。津島佑子さんを安堵させたのは、「だれもひとつの島ではない。だれもそれ自体で完全なものではない。……決して誰《た》がために鐘は鳴ると問うなかれ、それは汝《なんじ》のために鳴っているのだから」という詩だった。

書くことに行き詰まるたび、私はそのノートを開く。自分にしか書けない何かを、どこか遠くで誰かが待っている、という思いで胸を満たし、ノートを閉じ、再び物語の世界へ戻ってゆく。

青年J

言葉が通じない分だけ、外国で知り合った人の印象がより深く心に残る場合がある。取材旅行でチェコを訪れた時、運転手をしてくれた青年Jもその一人だ。

真面目《まじめ》な仕事ぶりで、物静かで、自分が話題に上っていると気づくと、すぐに顔を赤らめてうつむくような、恥ずかしがり屋だった。取材が長引いてどんなに予定の時間をオーバーしても、ふてくされることなく、一人駐車場でじっと待っていた。

プラハから南へ一時間ほど走ったところにある、コノピシュチェ城に行った時だったろうか。城中に飾られた鹿《しか》や熊《くま》や鳥類の剝製《はくせい》、角、毛皮は半端《はんぱ》な量ではなく、その異様な雰囲気に興奮しながら駐車場まで戻ってくると、Jは小さな橋の手すりにもたれ、ぼんやり川を眺めていた。そろそろ傾きはじめた日の光が、森の間を通り抜け、彼の横顔を照らしていた。川は落葉で埋まり、水はほとんど流れていなかった。

ただそれだけの風景だった。なのになぜか印象深かった。ここに一人の青年がいる。名前以外ほとんど何も知らない。私たちが共有しているものは何もない。けれど私たちはこうして出会い、彼の運転する車で旅をしている。そのことが不思議であり、奇跡的にさえ思えた。

若くてかわいい男の子だからでしょうと、同行の編集者にはからかわれた。もしかしたらそうかもしれない。とても美しい顔立ちの青年だったから。

言葉の不自由さと、彼の控えめな性格から、私たちの間に会話が成立することはなかった。それでもいくつかの事柄を知ることができた。両手をパッ、パッと二回広げたあと、人差し指を一本立ててたから、二十一歳なのだと分かった。ガールフレンドはいるかと尋ねたら、予想に反して少しも恥ずかしがることなく、堂々とうなずいた。十九歳の彼女と同棲《どうせい》中で、そのうえもうじき赤ちゃんが生まれるという。

チェコでの取材も終わりに近づいた日、テレージエンシュタット強制収容所を訪れた。地獄の控え室と呼ばれアウシュヴィッツへの中継基地となった収容所で、子供たちが多くの絵を残していたことでも知られる。

僕も一緒に見学させてもらっていいだろうか……。それまでいつも車で待っていたJが、遠慮がちに申し出てきた。

正面入り口に続く広大な広場は、一面墓標で埋め尽くされていた。供えられた花とろうそくの炎が、あちこちで揺らめいていた。ふと振り向くと、Jが一つの墓標の前にたたずみ、そこに刻まれた文字を見つめていた。長い時間、いつまでもじっとしていた。その横顔に、やはり光が当たっていた。

彼は何を見ていたのだろう。それを語り合うべき共通の言葉を、私たちは持っていなかった。しかし彼の姿は、言葉の届かない場所に、くっきりと焼き付いている。

行列からはみ出す

子供の頃から、行列が怖かった。蟻《あり》の行列を見ると、哀《かな》しいような、気味が悪いような、何とも言えない気持になって、それでも目をそらすことができず、しゃがみ込んでいつまでも眺めていた。ただの一匹として不平を漏らす者もなく、終わりがどこなのか分からないまま、何かに憑《つ》かれたように、どこまでも続いてゆく。なのに私がちょっと三輪車で横切れば、あっという間にずたずたになってしまう、はかない行列。

十八歳で初めて上京した時、都会とは何と行列の多いところであろうかと驚いた。切符を買うのも、銀行でお金を下ろすのも、ラーメン屋さんでお昼を食べるのも、すんなりとはいかない。そこには行列が待っている。辛抱強くなければ、都会では暮してゆけないのだ、と思った。

小学生の頃は、事あるごとに行列させられていた。運動会の入場行進、インフルエンザの予防注射、遠足、跳び箱、工場見学……。はい、一組を先頭に、出席番号順に二列に並んで。さあ、もたもたしない……。こんな調子だった。

行列しなければならない状況になると、たいてい先生たちはいらいらして、怒りっぽくなる。だから彼らの癇《かん》に障《さわ》らないよう、てきぱきと、尚《なお》かつあまり目立たないように行動する必要がある。自分のいるべき場所はあらかじめきちんと定められ、そこを少しでもはみ出すことは決して許されない。

なかでも私が最も苦手なのは、健康診断の行列だった。新学年がスタートして間もない頃に、半日授業をつぶして、身体《からだ》のあちこちを検査、測定する、あの健康診断である。

私たちは一人一人、『健康の記録』などと書かれた厚手の紙を持たされ（男の子は水色、女の子はピンク色）、脱ぎ着が簡単な体操服姿で、長い行列を作り、検査項目ごとに割り振られた教室を巡って歩く。三年一組で身長と体重測定、四年二組で聴力検査、五年三組で歯科検診、中庭でレントゲン撮影、という具合だ。

保健室の先生はとても厳しい人だった。今、クラスになじめない子供が保健室で勉強している、などという話を聞くが、私の小学校時代には考えられないことだ。具合が悪くて保健室へ行くと、まず仮病の疑いを掛けられ、余計に辛《つら》い思いをする。だから私たちにとってそこは、滅多に近づいてはならない場所だった。

健康診断は保健室の先生にとって、一年に一度のビッグイベントであり、彼女も張り切っていたのだろう。その怖さはますます際立《きわだ》っていた。先生はあらゆる検査場所に出没し、行列が計画通りスムーズに動いているか、にらみをきかせていた。ちょっとでも手間取っている子、身長を高くしようとこっそり背伸びしている子、視力検査の目隠し棒でウルトラマンの真似《まね》をしている子たちは、容赦なく怒鳴られた。

しかし私が本当に怖《おそ》れたのは、保健室の先生ではなく、検査結果だった。もし座高がクラスで一番高かったら困る。きっと男子に笑われる。もし私の肺だけに何か妙なものが写っていたら？　聴力検査のヘッドホンから、死んだ人の声が聴こえてきた場合、どうしたらいいのだろう。果たしてボタンを押しても構わないのだろうか。

あるいは、私が台に上がった途端、機械が故障して、何千倍もの放射能が発射されるかもしれない。あるいは、歯医者さんがついうっかり、私の喉《のど》の奥に、丸いミラー付の棒を落とすかもしれない。

次々と心配事はわき上がってくる。心配すればするほど身体に余計な力が入り、行列の動きからはみ出しそうになる。少しずつ順番は近づいてくる。他の子たちは皆、堂々と検査に臨み、決められた手順をこなしている。ヘッドホンから変な声も聞こえてこないし、歯医者さんはしっかりミラーを握っている。心配事など何一つないように見える。

　このスムーズな行列のリズムを狂わすのは絶対に自分だ、と私は確信する。

「ちょっと、あなた。こちらへいらっしゃい」

　保健室の先生が私を列から引っ張り出し、誰の目も届かない秘密の小部屋へ押し込める。私の身体から検出された数値は、とてもいびつで、先生が求める行列の秩序を乱してしまう。だから一人きり、薄暗い場所に閉じ込められる。そこの鍵《かぎ》を持っているのは保健室の先生だけだ。いつも仮病を使っている私のことを、きっと先生は許してくれないだろう。


　心配が頂点に達したところで、ついに私の順番がやって来る。思い巡らせた想像の世界の果てしなさに比べ、現実の検査はどれも、あっけなく終わる。

「えっ、これだけ？」

　思わず口走ってしまいそうになる。もうちょっと詳しく調べた方がいいんじゃないでしょうか……という、名残り惜しいような気分にさえなってくる。するとすかさず、保健室の先生の声が飛ぶ。

「ぐずぐずしない」

慌《あわ》てて私は列に戻る。

本当は、行列からはみ出す方がずっと難しいのだ、ということを子供の私はまだ知らなかった。どうしてあの頃は、自分にだけ何か特別なことが起こる、と信じていたのだろう。私はこんなにも平凡で、面白みのない人間なのに。

2

博士の本棚

数式と数学の魅力

三角形の内角の和は

小説がうまく書けず、どうしていいのか分からずにただ宙を見つめているような時、しかも困ったことに、そういう時はしょっちゅう訪れるのだが、私は
「三角形の内角の和は１８０度である」

と、つぶやいてみる。

つくづく偉大な一行だと思う。どんなにすぐれた文学作品でも、これに勝る一行は表現できないだろう。

この世のあらゆる三角形、大きいのも小さいのも、砂漠にあるのも熱帯雨林にあるのも、エベレストの頂上に掲げられたペナントも、マラッカ海峡に沈んだ三角定規も、残らずすべてがこの一行に当てはまるのである。仲間外れはいない。

自分のつぶやき一つで、世界中の三角形が一斉に仲良く手をつなぎ合うのかと思うと、平和な心持ちになれる。

この定理を最初に証明した数学者はどんなに感動したことだろう。きっと世界の成り立ちを解き明かす、黄金の鍵を手に入れた気分だったに違いない。

更に続けて私はつぶやく。

「自分が死んだあともずっと、三角形の内角の和は180度であり続ける」

真夜中の小さな書斎で書かれた小説が朽ち果て、すべての人々の記憶から消え去ってもなお、作家が口にした定理は真実として残る。

そんなことをぼんやり考えながら、今日も私は、やがて必ず跡形もなくなってしまうのだと承知したうえで、小説を書き続けている。

完全数を背負う投手

拙著『博士の愛した数式』(新潮社)には、タイガースファンの老数学者が登場する。何げなく素人《しろうと》向けの数学の本を読んでいる時、この世に完全数と呼ばれる数があることを初めて知った。ある数の約数(ただしその数自身を除く)を足し算すると、その数自身になる、というのが完全数である。

例えば、6の約数、1と2と3を足すと6になる。次に大きい完全数は28で、1+2+4+7+14=28、である。三番めの完全数は496、四番めは8128で、自然数が大きくなるにつれ、見つけるのがどんどん難しくなる、貴重な数であるらしい。

28は完全数。この一行を眺めていてひらめいた。江夏の背番号じゃないか、と。ここから江夏豊を愛する数学者を主人公にした小説がスタートした。

彼ほど完全数を背負うにふさわしい野球選手はいないように思う。背番号の美しさに見合う完全なるストレートを投げ、偉大な数の三振を積み上げていった。なのに結局はタイガースを追われ、28番の縦じまのユニホームを脱ぐことになった。

28が持つ永遠の完全さに比べ、人間は何とはかなく、不完全な存在であろうか。

現在（二〇〇四年）タイガースの28番は、開幕の対巨人第二戦で見事なピッチングをし、復活した福原忍投手である。この調子で彼には江夏のようなストレートをビシビシ投げ込んでもらいたい。完全数を背負っているのだから、何も恐れることはない。

素数の音楽に耳を澄ませる人々——『素数の音楽』

学生の頃、素因数分解が苦手だった。

$15 = 3 \times 5$

$136 = 2^3 \times 17$

$143 = 11 \times 13$

などと整数を素数の積で表す、というアレである。大体の見当をつけて割り算や掛け算を試してみるのだが、その見当のつけ方がどうもぴたっと決まらない。もたもたしているうちに試験の持ち時間はどんどん過ぎてゆく。

一方優秀な人は、ほとんど考えもせず、一目見ただけで正しく分解し、さっさと先へ進んでゆく。まるで秘密の暗号を使って、こっそり数と心を通わせているかのようだ。

数学者たちは数の世界をさまざまなものにたとえる。詩、宇宙、海、孤峰、神、音楽……。ただそこに存在しているだけで美しいものとして、彼らは数を愛する。すばらしい音楽を聴いて心を震わせるのと変わらない。実用的な見返りなど求めない、純愛なのだ。

劣等生としては、なかなか彼らの純愛に割って入ることは難しいのだが、しかし数の世界の美しさについて、劣等生なりのやり方で感じ取ってはいるのである。例えば、長い込み入った計算の果てに、ある答えが出てくる。もうその時点でへとへとにくたびれ、答えが出てきただけでありがたい気持ちになりつつも、心のどこかに引っ掛かりが残っている。消しゴムのカスやこすれた鉛筆の跡を眺めながら、

「ああ、たぶん、これは間違っている」

という予感に包まれてしまう。

なぜか。それは答えが美しくないからだ。論理的にどこがどう間違っているか指摘はできない。ただ自分の導き出した答えから立ち上る、何ともいえない不快な感じだけは伝わってくる。解答欄に無理やり押し込められ、居心地が悪そうにしているその数字が、気の毒で仕方ないのだけれど、正解が何なのかはさっぱり分からない。

それに引き換え、秀才の答案用紙は何と美しいことであろうか。一切の無駄がなく、もちろん欠落もなく、毅然《きぜん》としてなおかつ慎《つつ》ましやかでもあり、世界にただ一点しかない真実の場所を指し示している。丸まった消しゴムカスでさえ、答案の正しさに輝

きを添える、一粒の星のように見える。

「これほどまでに美しいのだから、間違っているはずがない」

どんな劣等生にも、そんな感じ方で正解を教えてくれるところが、数学の魅力だと思う。

その数学の世界にあって、最も神秘的で悩ましい存在なのが素数であるらしい。1と自分自身以外に約数を持たない素数は、数の原子のような役割を果たしている。つまり素数を掛け合わせれば、他のどんな数も作り出せるのである。

ところがそれほどまでに重要な役割を果たす素数が、どのようなパターンで出現するのかが分かっていない。2、3、5、7、11、13、17、19……。素数が無数にあることは証明されているが、どこまでいっても一定の法則がないのか、法則が巨大すぎて見えてこないだけなのかは、証明されていない。

このことで数学者たちは苦しみ抜いている。厳密な永遠の真理を表現しているはずの数学が、気まぐれに出現する素数によって支えられているというのか。この問い掛けの前で苦悶《くもん》しながら、素数が奏《かな》でる音楽を聞き取ろうと、必死に耳を澄ます数学者たちの姿を描いているのが本書である。

著者デュ・ソートイは、素数問題の中心人物リーマンを、数学界のワグナーと呼んでいる。雑音としか思えない素数の響きの下に、繊細な調和があると予想したのがリーマンだからだ。

リーマン予想が証明されれば、数学の経度が発見され、数の大海の海図が作れる。この壮大な発見を夢見て、数多くの天才たちが挑戦を続ける。ガウスからリーマンへ、ヒルベルトへ、ハーディーとリトルウッドへ。彼らは一つのリレーチームのように、国と時代を超え、偉大な謎《なぞ》をバトンにして手渡してゆく。

結局本書は、素数の謎を追い掛けることで、数学者という人間の魅力をあぶり出している。リーマン予想が何なのか分からなくても、素因数分解が苦手でも、数の海図のために人生を捧《ささ》げた人々の健気《けなげ》さは、胸に迫ってくる。

この予想に関する大家の一人、セルバーグは、

「最後には、解決できると思う。証明不可能な問題だとも思わない。だが、証明が人間の脳ではついていけないくらい複雑である可能性はある」

と言っている。もしかしたらリーマン予想は、人間の次の種に手渡されるべきバトンかもしれない。しかしそれでもひるまず、立ち向かってゆこうとする人間の知性の偉大さに、畏敬《いけい》の念を抱かずにはいられない。

素数の音楽を聴ける時が来るのはいつだろうか。そのメロディーが美しくないはず

はない。劣等生の私にも、もちろんそれは分かるのである。

＊ マーカス・デュ・ソートイ著　冨永星訳『素数の音楽』新潮社

死期迫るノーベル賞学者が語る自然の偉大さ
――『ファインマンさん 最後の授業』

カリフォルニア工科大学に採用されたばかりの若い研究員と、ガンに侵され死を目前にした、著名な物理学者が出会うところから、話ははじまる。若者は秀才ぞろいの大学にあって、どうにかして居場所を見つけようともがいている。所詮《しょせん》自分の研究など、屑《くず》みたいなものに過ぎないのではないか、いつか研究室をボイラー室に移されるのではないか、と不安に苛《さいな》まれている。

そんな若者の目に、ファインマン先生は実に魅力的に映る。自然を理解しようとする力が、自分をどこへでも導いてくれると信じ、その心はまるで電子のように、自由自在に宇宙を飛び回っている。物理学のさまざまな分野にわたって貢献し、当然ノーベル賞も受賞して、伝説の人物となっている。

大学のカフェテリアで、研究室で、二人は物理を通し、もっと広く人間や自然について語り合う。時には鬱陶《うっとう》しがられながらも、若者は先生の部屋のドアをノックし続ける。

若者の一番の苦しみは、本当に意味のある研究テーマを見つけることができるかどうか、にある。それを見出《みいだ》す自信が持てないのだ。ファインマンは〝意味がある〟とはどういうことか、根気強く話して聞かせる。物理学者に授けられた使命を語る時のファインマンは、先生ではなく、世界の不思議を知りたくてたまらない一人の少年になっている。

物理の研究に一番必要なものを、ファインマンは想像力だと言う。物理の問題を解く道筋は、仮定に次ぐ仮定であり、「例えば、こうなるとどうなる?」と自問し続けなければならない。まずその姿を想像しなければ、原子のふるまいを解明することもできないのだ。生き生きとした想像力さえ持っていれば、大学や学会といった狭苦しい視野から解放され、この世界の美しい神秘を純粋にとらえることができる。

キャンパスにかかる虹《にじ》を見ながら、ファインマンが世界の美しさを口にする場面。彼が死期を悟った物理学者であるが故《ゆえ》に、自然の偉大さと、その前でただ心打たれ、頭を垂れている人間のいとおしさが、にじみ出ていて忘れがたい。

＊ レナード・ムロディナウ著 安平文子訳『ファインマンさん 最後の授業』メディアファクトリー

やんちゃな末っ子

拙著『博士の愛した数式』は妙に社交的な性格で、書いた本人が予想もしなかった場所へ勝手に出掛けてゆき、新しい出会いをもたらしてくる。かつて私の書いた小説の多くが、皆引っ込み思案だったのに比べ、博士だけは物怖《ものお》じしない一面を持っている。

同じお母さんから生まれた兄弟でも性格が異なるのと同じで、小説も一冊一冊、背負っている運が違う。暗い小説だから暗い運、明るい小説だから明るい運、というわけではなく、内容とは全く無関係のレベルで、また作者の意図とはかけ離れたところで、本はそれ自体で自分の運命を生きる。たとえ産みの親である作者でも、それぞれ旅立ってゆく子供たちを引き止めることはできない。

私にとって『博士の愛した数式』は、ちょっとハラハラさせられる、やんちゃな末っ子、というイメージだろうか。時に、「えっ、ちょっと待って」と言いたくなるような事態を巻き起こす。

埼玉大学の教授で数学者の岡部恒治《つねはる》先生と初めてお目に掛かったのは、日本数学会の出版賞授賞式の時だった。だいたいそのような式に私が呼んでいただけること自体、思いがけない体験だったのだが、授賞式の様子は、普段見慣れている文学関係の集まりとは雰囲気が異なっていた。

まず、マイクの調子が悪く、耳障《みみざわ》りな音を立てているのに誰も直そうとせず、誰も気にする気配もない。そのうち雑音に慣れてきて、数学会理事長の先生の言葉が断片的に耳に入ってくるようになったのはいいが、一言として意味が理解できない。とある数学研究について、もちろん日本語で説明しているらしいと予測はついても、内容があまりにも難しすぎる。ここにいる数学者たちは、皆この宇宙語のような言葉を了解し合っているのか、と尊敬の眼差《まなざ》しで会場を見回してみれば、彼らの装《よそお》いは全く自由自在。見事なほどバラバラで統一感がなく、そのうえお世辞にも流行を意識しているとは言い難い。

そんな中のお一人が岡部先生だった。場違いなところに紛れ込み、緊張して一人ぽつんと座っていた私に、先生は屈託の無い笑顔で話し掛けて下さった。ジャンルや年齢や性別の違いなど、些細《ささい》なことにはお構いなく、ただもうこうして出会えた喜びを分かち合いましょう、というような大らかさが伝わってきた。

その岡部先生と一緒に、東京の有明にあるリスーピアという施設へ行くことになった。リスーピアは理科や数学のおもしろさを広く伝えるため、松下電器（現・パナソニック）が作った体験型ミュージアムで、先生は数学部門の監修をされたのだ。

まず、待ち合わせ場所の東京駅八重洲《やえす》中央口へ現れた先生は息を切らせていた。

「一着しか持っていない背広を着てきたのはいいのですが、ネクタイを忘れてしまって、そこの大丸デパートで慌《あわ》てて買ってきたんです」

結び目を気にしながら先生はゼイゼイ言っておられた。数学者は滅多にスーツを着る機会がないらしい。しかし急遽《きゅうきょ》購入されたにしては、なかなか素敵なネクタイだった。

小さなハプニングはあったが無事リスーピアに到着し、先生をはじめ松下電器の皆様に案内していただいた。これが殺風景な埋立地に輝く見事な建物で、思わず感嘆の声がもれるほどだった。自然や日常生活に潜む理科的な神秘、数学的美しさを、分かりやすい形で実感できるよう、展示物にはあらゆる工夫がなされている。小さな子供でも遊びながら科学の世界に触れることができる。デザインも洗練されている。

中でも私が一番心ひかれたのは〝素数ホッケー〟だった。卓球台くらいの画面の上から、ゆらゆらと数字が降ってくる。小さな円盤のようなものを握って下方で待ち、素数以外の数字が降ってきたらそれで弾《はじ》く。本当に素数でないなら、素因数分解されて下方へ消えてゆき、得点となる。もし素数かどうかの判断を誤るとその数字分だけ減点される。

「岡部先生と小川さんと、対戦なさったらどうですか」

松下電器の方がおっしゃった。そこで思いがけず岡部先生は動揺なさった。

「いやあ、小川さんは小説の中で素数の好きな博士を描いたばかりで……僕はもう素数のことなんか忘れてしまって……困ったなあ……自信ないなあ」

そのお姿はとても数学の先生とは思えなかった。何をおっしゃるんです、先生。羽《は》生善治《ぶよしはる》と素人《しろうと》が将棋を指すようなものですよ。と、私が説得すると、気弱な少年のようにうな垂れ、しぶしぶ円盤を握られた。

もちろん、言うまでもなく、岡部先生の圧勝であった。

そのあと、松下電器の皆様にお昼をご馳走《ちそう》していただいた。電機メーカー、数学者、作家。不思議な組み合わせながら、話題は尽きず、和やかな雰囲気だった。

ふと、どうして自分は今ここにいるのだろう、と思った。有明という町の、立派なミュージアムで、普段お会いするはずもない会社の方々と、愛すべき数学者と、こうしてお昼ご飯を食べている。これが本当に自分の人生に起こっている出来事なのだろうか。もしかして私は、誰か他の人の人生を、間違って生きているのではないだろうか。そんな錯覚をおぼえた。

全部、『博士の愛した数式』がもたらした出会いなのだ。私はただ部屋に閉じこもって小説を書いただけなのに、博士がどんどん新しい人の元へ、私を連れ出してくれる。やはり私はこの末っ子に、感謝しなければならないのだろう。

3 ちょっと散歩へ

犬と野球と古い家

気が付けば老犬……

犬は子供からすぐ年寄りになる。中間がない。一体いつまでやんちゃなままなんだ、早く大人になってくれないと困るじゃないか、と愚痴をこぼしているうち、ふと気が付くと、もう老犬になっている。

我が家のラブラドール、ラブ（雄）の子供時代はすさまじかった。床柱に独自の彫刻を施し、庭の芝生を一晩で消滅させ、犬小屋のバルコニーを食べて生死の境をさ迷った。破られたトレーナー、訓練士の先生に払ったお代金、ともに数えきれず、無駄吠《ぼ》え防止グッズはすべて役に立たないまま、納戸《なんど》に積み上げられてゆくばかり。散歩の途中出会う犬には、男女の区別なく飛び掛かり、食い止めようとする私の手首をくじき、道端に落ちている怪しげな物体を、美味《おい》しそうにもぐもぐと食べる。

一刻も早く大人になってほしい。毎日それればかり願っていた。動物病院の待合室で、ラブからどんな攻撃を受けようとも一切動じることなく、ご主人様の足元でじっと丸まっている犬に出会うと、うらやましくて仕方なかった。こんな思慮深い犬に成長してくれるまで、あとどれくらいの辛抱が必要なのだろう。半年だろうか、一年だろうか。その時が訪れるのを、私は指折り数えて待った。

ある日、茶色い尻尾《しっぽ》の先が白くなっているのを見つけた。綿埃《わたぼこり》がついたのだろうと思い、払ってやろうとしたのだが、どんなに引っ張っても取れない。指先に残るのは、埃ではなく、ラブの真っ白い毛だった。しばらく私は、指先に絡《から》まるラブの白髪を見つめていた。その間ラブは、奥さん、これは新しい遊びですか？　とでも言いたげに、尻尾を触られまいと、私の周りをぐるぐる走り回っていた。

以降、急速に白い部分が増えていった。ライオンのように輝く亜麻色だったのが、艶《つや》を失い、ぼんやりした色合いになり、手触りもごわごわしてきた。同時に、前立腺《ぜんりつせん》肥大を患《わずら》うようになった。

「とうとうお前もおじいちゃんか」

ラブを撫《な》でながら私は、人間で言うと何歳になるのか勘定しようとして、途中で止《や》める。彼にとっては、年齢などどうでもいい問題。もうすぐ散歩に行けるらしい予感に浸っているだけで、幸せなのだ。

結局ラブには、思慮深い大人の時期は訪れなかったらしい。

わずか十分の辛抱

四本足の動物を飼ったことのある方ならばたいてい、エリザベスカラーが何であるか、よくご存知であろう。怪我《けが》や手術のあとをペロペロなめないよう、首に巻き付ける、プラスチックでできたラッパ状の医療器具である。

時折、それを装着されたまま散歩している犬に出会うと、同情しながらもつい、あまりの滑稽《こっけい》さに、笑いが込み上げてくるのを抑えきれなかった。しかしとうとう、我が家のラブにも、エリザベスデビューをする時が訪れた。右の前足の毛が抜け、地肌がのぞいて痛々しいことになってしまったのだ。

病院へ連れて行くと、悪い皮膚病ではなく、手持ち無沙汰《ぶさた》でそこばかりなめてしまうのが原因だから、とにかく、なめさせないことが一番の治療です、と言われた。

そこで、エリザベスカラーの登場である。可愛《かわい》らしい名前の響きとは裏腹に、ラブのために用意されたそれは、病院中で最大のサイズを誇り、カラーというよりは、横綱の化粧回しほどの迫力がある。先生が苦労してはめている間、ラブは多少不安げな表情を浮かべていたが、大人しくじっとしている。人前ではいい子ぶる犬なのだ。最大サイズにもかかわらず、合わせ目のホックは、ぎりぎりようやく留まっている状態だった。

「はい、これでしばらく辛抱して下さい」

ホックが無事留まってほっとしたように、先生は言った。

だが、しばらく辛抱と言われても、四十キロ近い図体《ずうたい》の犬に、更に体のラインを膨張させる物体がくっついているのである。見ているだけでうっとうしい。しかも材質がごわごわしたプラスチックだから、少し動いただけであちこちにぶつかり、耳障りな音を立てる。水を飲むにも餌《えさ》を食べるにも一苦労。そのうえ、小屋で休憩しようにも、入口で引っ掛かって中に入れない。

ラブはこれ以上ないほどの哀れな目で私を見上げた。黒目がちの瞳《ひとみ》からは、今にも涙がこぼれ落ちそうだった。

「奥さん、一生のお願いです。どうかこの、怪しげなものを……」

私の胸には、ラブの嘆きの声が響いていた。

彼の声なき懇願に負け、私はエリザベスカラーを外した。病院から戻ってきて、まだ十分とたっていなかった。

すっきりした顔のラブは安堵《あんど》し、ペチャペチャと美味しそうな音を立てながら、心行くまで右足をなめていた。

散歩への愛　永遠の謎《なぞ》

娯楽というにはあまりにも地味な、このありふれた行為を、犬たちがなぜ熱狂的に愛するのか、永遠の謎だ。将来、彼らが喋《しゃべ》れるようにでもならない限り、謎は決して解けないだろう。

散歩。

「さて」と言って腰を上げる、キーホルダーをチャリンと鳴らす、靴の紐《ひも》を結ぶ。もうこれだけで散歩のはじまりを確信したラブは、喜びのあまり自分を見失い、滅茶苦《めちゃく》茶《ちゃ》に庭を走り回る。私がもたもたしていると、

「奥さん、のんびりしている場合じゃありません。散歩ですよ。散歩!!」

そう叱《しか》り飛ばすように、玄関の前でジャンプする。小猿かと錯覚するキーキー声で鳴く。リードをくわえて振り回す。とにかく、思いつく限りの表現方法を使って、散歩への愛を表現するのである。

いざ散歩がスタートしても、彼の情熱は一向に落ち着く気配がない。木の根元、茂

みの奥、電信柱……。彼の心を奪うものが次々と登場してくる。ラブはそこに鼻を押し当て、せわしなく鼻孔をひくひくさせる。眉間《みけん》に皺《しわ》を寄せ、視線を宙の一点に集中させる。よだれが垂れてもお構いなし。私がリードをどんなに引っ張ろうと、四本足を踏ん張ってぴくりとも動こうとしない。普段は間抜けなラブが、しかもついさっきまでは小猿だったラブが、この時ばかりは哲学者のような賢そうな表情を見せる。

私は根元、茂み、柱を凝視し、何が隠れているのか想像してみようと試みる。想像力は作家の商売道具であるから、多少は自信を持って臨むのだが、いくらがんばっても、彼を熱狂させる秘密は見えてこない。そこは綺麗《きれい》でも、美味しそうでもない、ただの世界の片隅だ。

やがてラブは「フン」と鼻を鳴らし、後ろ足を上げ、偉そうにマーキングする。

「さあ、奥さん。次へまいりましょう」

ラブはいっそう、やる気満々である。

散歩に例外は許されない。インフルエンザで三十九度の熱があった時も、台風で暴風・大雨警報が発令になった時も、私たちは散歩をした。痛む関節をギシギシいわせながら、突風に耳をパタパタはためかせながら、共に歩いた。世界の片隅に隠れた秘密を、ラブがかぎ取るまで、私は辛抱強く待った。

一日で朝と夕方二回も、人生最大の喜びを味わえるとは、犬は何と幸せな生き物であろうか。

原稿〇枚

六月四日(金)

エステに行く。これ以上寂れようがないというほどに寂れた商店街の、入口にある美容院。何度か前を通ったことはあるが、入るのは初めてだった。思いのほか奥が深く、電気代を節約するためか、蛍光灯が切れかけているからか、部屋の四隅は薄ぼんやり陰になってよく見えない。

狭く急な階段を上った二階が美容院になっているらしく、ドライヤーの音が聞こえていたが、エステ用の一階には受付の女性以外、人の姿はなかった。私はカーテンの向こう側のベッドへ寝かされる。歯医者か産婦人科にあるような形のベッドだった。

天井の角にしつらえられたスピーカーからは、リチャード・クレイダーマンやフリオ・イグレシアスが流れていた。なぜかスピーカーが逆さまになっていた。しかし、音質に問題はなさそうだった。

エステの内容は、クレンジング、マッサージ、パック、とごくありふれたものだったが、マッサージの器具だけは多少変わっていた。紡錘形の持ち手に、万年筆のペン先のような金属片が取り付けてあり、それを顔に押し当てるのだ。すると電流かレーザーか超音波か、とにかく何かが流れて皮膚がピリピリするのである。

そのマッサージ器具がどんな効果をもたらすのか、施術者は説明してくれなかった。私はそれと似た形のものを、どこかで見た気がしてならなかった。しばらく考えてようやく、ああ、アダルトビデオに出てきそうな道具じゃないか、と思い至った。

施術者は妊婦だった。おそらく八ヵ月か九ヵ月くらいだろう。タオルを取り替えたり、化粧瓶に手を伸ばしたりするたび、膨らんだお腹《なか》が肘《ひじ》に当たってびくりとした。別に意識する必要などないのに、いちいちびくりとしてしまった。そのためにあまりリラックスできなかった。

原稿四枚。

六月七日（月）
梅雨に入って水かさが増したからだろうか、犬の散歩の途中、ギターがうつぶせになって川を流れてゆくのに出会う。長い時間水に浸《つ》かっているらしく、板はふやけ、水草や枯葉やお菓子の袋が絡み付いていた。もうすっかりくたびれ果て、立ち直れないほどに打ちひしがれていた。

以前、同じ川で足袋が片方流されてゆくのを見たことがある。小さな子供用の足袋だった。それはたった今川に落ちたばかりという様子で、ぱりっと糊《のり》のきいた感じもまだ残っていた。十一月の日曜日だったから、たぶん七五三のための足袋ではなかったかと思う。

犬は立ち止まり、地面に座り込んでじっとギターを目で追っていた。彼なりにその風景の意味するところを解釈しようとしているみたいだった。首を傾《かし》げ、鼻をヒクヒクさせ、よだれを一筋垂らしていた。

原稿〇枚。

六月十一日（金）
NHK岡山放送局の情報番組に出る。明後日《あさって》、倉敷で開く朗読会の宣伝のため。五年に一度くらい、テレビの仕事がくるのである。
夕食の支度をしてから出掛けようと思い、大慌《おおあわ》てで準備し、いつもより念入りにお化粧もし、買ったばかりの白い洋服に着替えた。迎えのタクシーが来た時、なぜかお鍋《なべ》の鰯《いわし》のことが心に引っ掛かった。鰯たちが頭の中にどどどっと攻め込んできたような気がして、払い除けることができなくなった。仕方なく鰯の煮付けをお皿に盛り付けておこうと、一匹フライ返しにのせた途端、それは滑り落ち、白いワンピースの上で一度バウンドしてから床に落下した。

私はワンピースに散った煮汁の模様を、しばらく見つめていた。どうにかして、その模様に隠された暗示を読み取ろうとした。しかし、そんなことをしても、何の役にも立たなかった。

原稿二枚。

六月十三日（日）

珍しく今月は朗読会が二回もある。常々私は朗読会というものに積極的ではなかった。自分の小説を自分で読んで人様に聞かせるなど、そんな図々しいことはできないと思っていた。

ところが是非にと勧める人が身近に何人かおり、会場選びからプログラム、演出、会計まで全部お膳立《ぜんだ》てしてくれ、断りきれないでいるうち、もう四回めとなってしまった。

数年前、谷川俊太郎さんが倉敷にいらした際、ご自分の詩を朗読なさるのを聞いた。

客席からの突然のリクエストに応《こた》えたもので、予定されたプログラムではなかったが、谷川さんは全く焦《あせ》ることなく、『宿題』という詩を一気に読み通した。

肉感的な朗読であった。言葉の一つ一つが輪郭と体温を持ち、谷川さんの唇から弾《はじ》け飛んでくるようだった。大変にすばらしかったけれど、それはもちろん谷川さんだからであって、自分の小説で同じように成功するとはとても思えなかった。

だから朗読会をやるたび、申し訳ない気持になり、こんな小説しか書けないのかという自己嫌悪《けんお》にさいなまれ、ぐったりとして落ち込む。

今回は倉敷にある呉服屋さんの米蔵を改造した、〝夢空間《サロン》はしまや〟が会場となる。前半は『寡黙《かもく》な死骸《しがい》　みだらな弔い』より、『心臓の仮縫い』を麻生アヤさんに朗読していただく。麻生さんは話言葉の専門家で、一人語りの公演などをなさっている。

私は自分が朗読するのは嫌いなのに、人に朗読してもらうのは好きなのだ。自分の小説を誰かが声を出して読んでいると、まるでその人から愛を告白されているような錯覚に陥る。

麻生さんの朗読はすばらしい。演劇とも読み聞かせとも違う、本物の語りである。日本ではなかなか盛んにならない文学の朗読という分野に、新しい可能性を示す人だ。『心臓の仮縫い』は心臓が身体《からだ》の外側にくっついている歌手の話なので、ジャズ歌手の小野ハンナさんとピアニストの及部《およべ》恭子さんにも出演していただく。ハンナさんはクリーム色の、肌にぴったりしたドレス姿で、乳房の脇《わき》に本当に心臓が隠れていそうだった。

そして後半は私が友人のお嬢さんと一緒に『毒草』を読む。私にできることといったら、お客さん全員に聞こえるよう、大きな声ではっきり読むくらいのことだ。ただひたすら、大きな声で読む。

原稿〇枚。

六月十七日（木）

マスカットスタジアムへ、広島対阪神《はんしん》戦を観《み》に行く。私は野球のユニフォームが似合う男性が好きだ。理由はうまく説明できない。看護婦やスチュワーデスの制服に欲情する男の人がいるらしいが、彼らの嗜好《しこう》と似たようなものなのだろうか。

いや、違う。なぜなら私は、野球のユニフォームを着て、野球をやっている人が好きなのだから。

広島側の席しか取れなかったので、大げさに応援はできないと思っていたのだが、隣のおじいさんも阪神ファンと分かり、お互い目と目で合図を送り合う。ジョンソンのホームランにより四回まで1対0とリード。藪《やぶ》が調子よく投げる。斜め前の席に、とてつもない広島ファンの青年がいた。かつて何事においても、ビートルズのコンサートでもローマ法王のミサでも、これほどまでに熱狂した人は見たことがない。攻撃の間中飛び跳ね、腕が抜けるくらいメガホンを振り回し、絶叫している。おそらく、グランドの選手たちの何千倍ものカロリーを消費していることだろう。

もう一人、クモのように金網に張りついているおじさんもいる。身体中から粘液が出ているのではないかというくらい、べちゃーっとした雰囲気の人。この人は声も上げないし拍手もしない。うっとりした視線を広島の選手に送るだけ。

五回裏、広島の攻撃中に大雨となり中断。嫌な予感がする。嫌な予感は必ず的中するものだ。再開後、2点取られる。斜め前の青年は失神寸前、クモおじさんは金網に身体をすりつけて喜ぶ。

結局、5対1で負ける。雨に濡《ぬ》れながら、駅まで歩く。藪はやはり、織田裕二によく似ていた。

原稿○枚。

風の歌を聴く公園

久しぶりに村上春樹《はるき》の『風の歌を聴け』（講談社）を読み返した。大学時代、冒頭の一ページを暗唱できるくらい愛読していたにもかかわらず、いくつか記憶違いをしているのに気づいた。主人公、僕の専攻は文学ではなく生物学で、僕と鼠《ねずみ》の乗った外車が猿のいる公園へ突っ込むのは、クライマックスではなく、二人の出会いの場面だった。

一年ほど前、倉敷から芦屋《あしや》へ引っ越してきた当初は、村上春樹にゆかりのある場所だと意識はしていなかった。ある日、芦屋市制作のテレビ番組をぼんやり眺めていたら、公園のベンチに腰掛けたアナウンサーが、『風の歌を聴け』を朗読しはじめたので驚いた。そこは家から歩いて十分くらいのところにある、打出公園だった。

編集者が訪ねてくるたび、『風の歌を聴け』に出てくる猿の公園は、家のすぐ近所なんです、と宣伝した。自慢する理由などないのに、なぜか自然と、自慢げな口調になるのだった。

作品の中には具体的な地名は出てこない。舞台についてはただ、〝海から山に向かって伸びた惨《みじ》めなほど細長い街だ〟と記されているに過ぎない。けれど芦屋に住むようになって以来、村上作品を読む時にいつも感じる、じめじめしていない風の感触や、どこからともなく流れてくる海の匂《にお》いが、実感できるようになったのは間違いない。

僕は大学の夏休み、ふるさとであるその街に帰省してくる。友人の鼠は小型飛行機が入りそうな広いガレージと、屋上に温室のある家に住み、金持ちをひどく憎んでいる。二人は出会った最初の日、明け方の四時に泥酔《でいすい》して公園へ突っ込み、寝ていた猿たちを怒らせてしまう。彼らはともに、心に負った自らの傷の前で立ち尽くし、言葉を見失っている。

昔は、公園に孔雀《くじゃく》や猿がいるのは珍しくなかった。私が子供の頃も、路面電車の終点にあった公園へ、日曜のたび猿を見物に行っていた。飽きもせず、いつまでも柵《さく》にしがみついていた。当時のお出かけ写真の多くは、そこで撮ったものだ。動物園と違ってお金が掛からないから、親も気楽だったのだろう。一匹気の合う手長猿がいて、私が「あっち」と指差すと、止まり木を伝ってあちらへ移動し、「こっち」と指差すとまたこちらへ戻ってきた。

なのにいつから子供は、猿など眺めても喜ばなくなってしまったのだろうか。

私は犬を連れ、打出公園を探しに出掛けた。きっと曲がりくねった坂道の奥から、秘密めいた風情《ふぜい》で現れてくるに違いないと思い込んでいたのだが、実際は阪神電車の線路を越えたところで、呆気《あっけ》なく見つかった。滑り台があり、水飲み場があり、花壇がある、実に平凡な公園だった。その平凡さを打ち消してくれるはずの猿は、どこにも姿が見えなかった。

檻《おり》だけは立派なものがしつらえてあった。私の命令をよく聞く、お利口な手長猿のいた檻とちょうど同じくらいの大きさだった。清潔に掃除が行き届き、タイヤのブランコがぶら下がっていた。どこか隅に隠れているのかと、裏にまで回ってよく目を凝らしたが無駄だった。札には《タイワンザル、数1》と書かれていた。

次の日、犬の散歩を兼ねてもう一度行ってみた。もしかしたら、昨日は健康診断か何かでたまたま留守にしていただけかもしれないと思ったからだ。

公園の入口でふと顔を上げると、昨日は気づかなかった看板が立っていた。《犬は幼児の健康を損ねる恐れがあります》そして犬の絵に、大きなばつ印がしてあった。

僕や鼠が小説の中で幾度となくそうしていた様子を真似《まね》て、私は一つため息をついた。遠くから見るかぎり、タイヤのブランコはぽつんと静かに、ぶら下がったままだった。

『犬が星見た』のあとがき

武田《たけだ》百合子《ゆりこ》さんの『犬が星見た』（中央公論新社）は、もしかしたら、「犬は友だち！」という企画に沿う本、とは言えないかもしれない。本書は百合子さんが夫の武田泰《たい》淳《じゅん》氏とともに、シルクロードからソ連、ヨーロッパを旅した思い出を綴《つづ》ったもので、私にとってはベストワンの紀行文学である。

その一方で、ベストワンのあとがきを持つ本として、長く私の中に君臨している。このあとがきさえ読んでもらえば、なぜ本書を犬の本のコーナーに推薦するか、納得していただけると思う。

ごく短いあとがきである。執筆の苦労をひけらかすでもなく、編集者への謝辞を並べるでもない。ただ、犬が一匹登場する。大晦日《おおみそか》の晩、往来の途絶えた道路のまんなかに座り、星を見上げている犬だ。

初めて犬を飼いはじめた時、犬だって考えるのだ、ということを知って驚いた。一緒に遊びたくてぴょんぴょこ飛び跳ねるか、気持ちよさそうに寝そべるか、ただそれだけの生き物だと思っていたが、大間違いだった。

夕暮れ時、私が窓からこっそりのぞいているのに気づかず、彼はポーチに座り、やや首を傾《かし》げ、じっと夕焼けを見つめていた。巣に帰ってゆく鳥の群れや、風にそよぐ木々の気配にも惑わされず、何かを考えていた。普段私の前で見せるおばかな表情は消え、哲学者の風情を漂わせていた。人間には見えないが、確かにそこにあるらしい真理について、考察を巡らせているようだった。

「君がそんなに賢いなんて知らなかった。ごめん」

と、私は謝った。もっとも、私の姿を見つけた途端、彼は尻尾《しっぽ》を振り回しながらこちらへ向かって突進し、一瞬にして世界で一番のおばかな犬に逆戻りするのだが。

武田百合子さんが描く大晦日の犬は、死者たちの乗った宇宙船と交信する。この世に生きている人間には聞こえない言葉を、聞き取っている。

ああ、もし私が犬だったら、素晴らしい小説が書けるかもしれないのに、などと考えるのは、やはり、ばかげているだろうか。

中年《さるどし》の梅干し

乗り物に弱いせいで、旅行はあまり好きではない。不得意、といった方が適切だろうか。たとえ一泊でも、どんな近い場所でも、乗り物で移動するというだけで緊張してしまう。その日に向け、体調を整えることが一番の重要な課題となる。

子供の頃は、市内バスに乗って天満屋へ買い物に行くだけでも大変な覚悟がいった。二十分かそこらなのだが、ずっと母親に背中をさすってもらわないと駄目だった。天満屋は岡山にあった唯一《ゆいいつ》のデパートで、そこの食堂でカツカレーを食べるのが、我家のささやかなぜいたくだった。当時二十分バスに乗ることが、特別な出来事だった。

こんな調子だから、遠足ほど気の重い行事はなかった。ある時、バスに酔うので前の方に座らせてほしい、と担任に訴えたところ、「ふん」と鼻を鳴らされた。軽蔑《けいべつ》したような、情けないような顔をされた。

もしかしたら私の聞き違いで、たまたまその時鼻がむず痒《がゆ》かっただけなのかもしれない。しかし、私はどうしようもなく傷ついてしまった。先生が乗り物酔いくらいでうるさく言うな、という態度を示したのは間違いなかった。

その小さな事件のおかげで、私は自分が無力で愚かな人間なのだと悟った。あらゆる弱点がすべて乗り物酔いに集約されてしまい、自信をなくした。

先生は大学時代、一年かけて東南アジアを貧乏旅行したのが自慢の種だった。授業中、ことあるごとにその話を持ち出した。先生にすれば自慢するつもりなどなく、ただの雑談のつもりだったかもしれないが、私には苦痛な雑談だった。あらゆる困難をくぐり抜けて旅をする教師の姿は、遠足にも満足に行けない自分のみじめさを強調するだけだった。

最近同級生の結婚式で、二十数年ぶりにその先生と再会した。もちろん私はそんな大昔の話を持ち出すつもりはなかったし、根に持って恨んでいるわけでもなかった。だいいち先生の記憶からはすっかり消えてしまっているだろう。

「先生がよく聞かせて下さった、美しいインドの星の話、覚えています」

わたしがそう言うと、

「さあ、そんな話したかなあ」

と、首をひねっていた。

というわけで、すっかり大人になった今でも、旅行になると古傷を思い出してびくびくしてしまう。たとえ飲まないにしても、乗り物酔いの薬をお守のように持ち歩く。特に海外の場合、ハンドバッグをひったくられたり、スーツケースが違う空港に運ばれたりする危険性を考えて、あらゆる場所に薬を小分けしておく。そのほか、手首のツボを押さえて気分をすっきりさせるバンドやら、中年に漬けた梅干しやらも持ってゆく。中年の梅干しが効くよと、お向かいのおばあさんに教えてもらったのだ。

深遠なる宇宙の摂理を生活の記録の中に描出──『富士日記』

これは生活の記録である。毎日の献立、買い物のリストと使ったお金などが丹念に書き付けてある。

なのにここには宇宙の摂理が描き出されている。しかも何の気負いもなく、とてもささやかな言葉で、広大な宇宙に潜む真実をそっとすくい取っている。

山荘で繰り返されるふかしパンやうどんバター炒《いた》めの食事、湖での水泳、大岡昇平夫人とのおかずのやり取りなど、淡々とした日常生活を読んでいて突然、時空の果てに吸い込まれてゆくような感覚に襲われる。それがたびたび訪れる。

埴谷雄高《はにやゆたか》氏は武田百合子さんのことを──生来の無垢《むく》の《全肯定者》──と表現している。武田さんは人間を含めた生物すべてが背負わされている、逃れられない悲劇、あるいは何者かによってこの世に生かされているという宿命を、全身で受け入れていた人ではなかったかと思う。

そのことが最もよくあらわれているのは、愛犬が死んだ昭和四十二年七月の日記だろう。まだ小さかったポコは山荘へ向かう車のトランクの中で、籠《かご》の蓋《ふた》に首を挟まれ、窒息死する。泰淳さんが穴を掘り、百合子さんが泣きながらポコを横たえる。そして〝ポコ、早く土の中で腐っておしまい〟と言うのだ。

これほどまで深く真理をついた、別れの言葉があるだろうか。土の中で腐って、宇宙の元素に還《かえ》ってゆくのが、死ぬということなんだと気づかせてくれた一行だった。

＊　武田百合子著『富士日記』中央公論新社

異界を旅する喜びを味わう――『家守綺譚《いえもりきたん》』

世の中が騒々しく、すさんでいる時にこそ、一人心を落ち着け、戦争や年金や失業や憲法とは遠く離れた物語の世界を、旅したくなる。今、人間社会があれこれと大変なのは分かった。だからせめて夜のひとときくらい、本のページの静けさに心を泳がせる自由を、存分に味わいたいのだと、誰にともなく訴え掛けたくなる。

そういう気分の時、ぜひ本書を手に取ってほしい。一行めからすうっと、何の無理もなく、どことも知れない遠い場所に吸い寄せられている。さっきまで自分の立っていた地面は、はるか彼方《かなた》にうすぼんやり揺らめいて見えるだけだが、恐怖も気持ちの悪さもない。むしろ心持ちは軽やかで、すがすがしくさえある。

自ら新米精神労働者と名乗る物書きの綿貫《わたぬき》征四郎は、湖で行方不明になった親友、高堂《こうどう》の実家に、家守として暮らすようになる。庭には湖につながる池があり、種々の植物が生い茂っている。家屋は二間続きの座敷を有する二階建てで、一人暮らしにはもったいない広さがあり、停電が多いとはいえ、一応電燈《でんとう》もつく。

その家で気ままに原稿を書く征四郎なのだが、なぜか闖入者《ちんにゅうしや》が多い。前触れもなく無遠慮に登場してくる彼らのおかげで、日々の暮らしは実に味わい深いものになっている。

例えば、床の間の掛軸からは、死んだはずの高堂が訪ねてくる。百足《むかで》やマムシを商う長虫屋が、商売を持ちかけてくる（この長虫屋の母方の祖父はカワウソ老人）。池の中には鮎《あゆ》人魚、池の端には河童《かっぱ》の抜け殻、白木蓮《はくもくれん》にはタツノオトシゴ、土手には小鬼、サルスベリの二股《ふたまた》にはサル……という具合である。

一見まともな隣のおかみさんも、河童のあしらい方を教授するあたり、只者《ただもの》ではなさそうだし、飼い犬ゴローにいたっては、もしかするとこれら奇妙なものたちの元締めかもしれないと思わせる怪しさだ。

闖入者たちに導かれ、征四郎はやすやすと日常の壁を通り抜け、異界をさ迷い歩くことになる。しかし決して大騒ぎなどしない。時にはすねたり腹を立てたりしながらも、異物を慈《いつく》しみ、死者との別れを寂しがる。

梨木《なしき》さんの日本語は美しい。豊潤でゆとりがあって温かい。文章のリズムに身をまかせていると、息が深く吸い込めるようになってくる。

押入の中で、積まれた布団《ふとん》の真ん中に埋《うず》まり、夢中で本を読んでいた子供の頃の喜びが、久しぶりによみがえってきた。あれはまさに、異界を旅する喜びであった。

＊梨木香歩著『家守綺譚』新潮社

住んでみたい家

家が好きだ。自分の家で何もせず、ただぼんやりしているのも好きだし、犬の散歩の途中、よそ様の家をじろじろ観察するのも好きだ。旅行に出れば、有名な芸術家の生家や、代表作を制作した家や、死んだ家を、見物して回る。

樺山紘一《かばやまこういち》氏監修、和田久士氏写真のシリーズ『ヨーロッパの家』(講談社)は、私の一番の愛読書になっている。これはヨーロッパの伝統的な住宅を、外観だけでなく、生活の細部にまでわたって紹介した本なのだが、何度読み返しても飽きない。煤《すす》けた暖炉や、温かそうなボックス・ベッドや、白ペンキで縁取られたドーマー窓は、それだけでもう魅惑的な物語を語り掛けてくる。

実際、この本の中にある、アイルランド、ドニゴール地方の草葺《くさぶ》き屋根の家にインスピレーションを得て、短編小説を書いたこともある。老いた双子の兄弟が、古い家族写真と花以外、飾りらしい飾りもないこぢんまりとした家で、過去の苦しみを二人だけの世界に閉じ込めるようにして暮らしている、というお話だった。

小説を書く際、私が一番楽しむのは、登場人物たちがどんな家に暮らしているかを想像する時である。たとえ家の様子を描写する必要がなくても、間取りやインテリアについてあれこれ思いを巡らせ、見取り図を作っていると、新たな発想が浮かび、小説が予想もしなかった方向へ開けていったりする。

さて、『奥さまは魔女』のサムとダーリンの家は、子供時代の私にとって、豊かさの象徴だった。今でも、正確な間取りを思い出せるほどだ。大きなソファーの置かれた居間は広々とし、階段は優雅なカーブを描き、芝生の裏庭では、タバサのおもちゃに日光が降り注いでいる。

しかし何より驚きだったのは、食卓が二つあることだった。家族だけで使うプライベートなのと、例えばダーリンの上司夫婦を招いた時などに使う、お客さん用の大きくて立派なのと。

そのことは、奥様が魔女であることより、ずっと不思議に思えた。なぜ同じ一軒の家に、食卓が二つもあるのか……。ダイニングがテレビに映るたび、私はため息をついていた。

ならば贅沢《ぜいたく》な家が好みなのかと問われると、実はそうでもない。私が愛する家の第一条件は、行き届いた手入れと、完璧《かんぺき》な整頓《せいとん》である。博物館になった芸術家の家に心惹《ひ》かれるのも、その条件が満たされているからだろう。たぶん、自分に決定的に欠けている能力を、追い求めているのだ。

シェーカー教徒の住まいを雑誌で見た時、長年憧《あこが》れ続けてきた理想の姿が、そこにあると感じた。十八世紀に誕生したシェーカー教団は、アメリカの各地に自給自足の共同体を作り、ユニークな生活スタイルを築いたことで知られる。無駄を排し、節約をし、自然の恵みを最大限に利用しながら、独自の美を生み出した。

とにかく無造作な部分が一つもない。もちろん埃《ほこり》もない。家具の配置から壁のフックに至るまで、すべてに意味があり、何もかもが自分のあるべき場所を健気《けなげ》に守っている。それでいて堅苦しい感じはなく、むしろ穏やかさが漂っている。

こういう家に建て替えたら、自分ももう少し掃除が好きになるのではないか、と思う。

死ぬ時の家として私がイメージしているのは、映画『仕立て屋の恋』で主人公イールが住んでいる部屋である。赤レンガの外壁の、質素で頑丈なアパートだ。その薄暗い部屋の窓辺から、イールは毎晩向かいの部屋をのぞき見する。

こういう孤独な部屋で死にたい。「あの部屋のお婆《ばあ》さん、昔小説家だったらしいわよ」などと誰かが噂《うわさ》しても、興味を持つ人など一人もいない。ベッドの脇《わき》の棚に、黄ばんだ本が数冊残っていれば、それで十分だ。

細分化

山本鈴美香《すみか》さんの漫画『エースをねらえ！』に、フォアとバックそれぞれ専門のコーチがついている外国人選手が登場する。それを知った主人公の岡ひろみが唖然《あぜん》とする、というさほど重要でもない場面が、なぜか今でも忘れられない。

私が初めて『エースをねらえ！』を読んだのはもう三十年も昔のことで、現在ではたぶん、テニスに限らずスポーツ選手に複数のコーチがつくことは珍しくないのだろうが、当時は結構斬新《ざんしん》な発想だった。フォアとバックの専門コーチがいるのなら、当然サーブ専門もいるに違いない。ボレー、スマッシュ、ロブ、ドロップショット、クレーム、コイントス専門コーチがいても、おかしくないはずだ。と、物事がどんどん細分化されてゆく時、私は何とも言えず気持ちが和らぐ。世界が好ましい方向へ推移しているのを感じる。

逆に、グローバル化、市町村合併、敵対的買収、大型商業施設進出等など、となってくると途端に元気がなくなる。私の出る幕ではないという気がする。

いつだったか杉浦日向子《ひなこ》さんがＮＨＫの番組で、江戸時代は爪楊枝《つまようじ》だけを商いしていても生活できたんですよ、とおっしゃっているのを聞いた。軒下に平台を置き、爪楊枝を並べる。お箸《はし》も湯飲みも醬油《しょうゆ》差しもなし。潔《いさぎよ》いほどにすっきりとした陳列風景。食後にほんのひと時役立つ以外、ほとんど使い道はなく、あっという間に捨てられてしまう、頼りなく細い、先の尖《とが》った棒。ただひたすらそれのみに関わって生涯を過ごす。適度な硬さとしなりを求め、原材料の入手には妥協を許さない。もちろん、一本一本削ってゆく技術は熟練している。万が一削り残しが舌に突き刺さったりしては信用を失うから、気が抜けない。前歯の隙間《すきま》に最も上手《うま》くはまる角度は何度か、邪魔にならず尚《なお》かつ手におさまりのいい長さはどれほどか、日々研究を重ねている。やがて頭のところに施す溝は、彫刻芸術の域にまで達する。

そんなふうにして過ぎてゆく人生はきっと平和だろう。理由は説明できないのだが、もし自分が爪楊枝職人を主人公にして小説を書くとしたら、最後彼に、「ああ、いい人生だった」と感謝の言葉を述べさせるに違いない。

パリやウィーンの狭い通りを歩いている時、思わず目を奪われる店に出会うことがある。勲章屋、標本屋、名刺印刷屋、地図屋、楽器修理屋、古絵葉書屋……。それらはたいてい、自分には無関係なものを商っている。私は名刺を作る必要もないし、壊れた楽器も持っていない。にもかかわらず、立ち止まり、じっと中をうかがってしまう。

そこは、最小単位にまで細分化された場所だ。世界に定規を当て、鉛筆で格子《こうし》に線を引いてゆき、これ以上は無理、というところまでいった時に残される一枡《ます》がその店だ。儲《もう》かるか儲からないか、などという問題はとうに超越している。本当にそこを必要としている人だけが、そこにたどり着ける。

主人は薄暗い店の奥に、あまりにもすんなりと溶け込んでいるので、売り物の一部かと錯覚するほどだ。大きすぎず小さすぎず、自分の体にぴったりと馴染《なじ》むスペースにおさまって、すべてが充足している。何一つ余分なものはなく、また何一つ欠けてもいない。そういう店が並ぶ通りを歩いていると、世界のどこかに必ず、自分にフィットする一枡があるはずだ、という気分になれる。

しかし細分化は、時に複雑さを伴っている場合があり、困った事態を引き起こす。例えば昔は、汽車に乗るとなれば、駅で切符を買うより他に方法はなかった。ポッポッと穴の開いた丸いガラス窓に向かい、「○○まで片道子供一枚」と言い、財布からお金を取り出す。それがすべてで、何の不都合もなかった。

ところが細分化の進んだ今はどうだろう。エクスプレス予約に早割り、特割り、トクトク切符、ぐるりんパスにおでかけパス、イコカにパスモ。そのうえ丸窓の向こうにいるはずの駅員さんは少なくなる一方で、タッチパネルの自動券売機ばかりが目立っている。子供の頃はお利口に切符が買えたのに、大人になればなるほどおばかさんになって、自動券売機にピーピー叱《しか》られている。

あるいは、テレビ。私のよく知っているテレビについていたものは、電源とチャンネルと音量のつまみ、それだけだった。画面の裏側に色や画像を調節するつまみもついてはいたが、むやみに回すとテレビが壊れると言われ、子供が触ってはいけないことになっていた。

なのにちょっと油断している隙に、リモコンと呼ばれるものが登場してきた。片手に載るほどの物体に、何と数多くの小さなボタンが配置されていることであろうか。ダブルウィンドウ、ヘッドライン、消音、マルチサーチ、文字画面切替、プログレッシブ、トップメニュー。

私はしげしげとリモコンを眺める。もう十分に細分化されたと思っていても、枡目はまだまだ小さくなってゆく。世界はどこまでも果てがなく、どこまでも小さい。〝マルチサーチ〟のボタンに私はそっと触れてみる。とても押す勇気はない。それを押した瞬間、一体テレビの中でどんなことがはじまるのか、想像もできないからだ。

きっと死ぬまで一度も私に押されることのないボタンだろう。それでもちゃんと、自分だけに与えられた場所を守っている。

蠅《はえ》取り紙、私が最後を看取《みと》った蠅たち

子供の頃はそれを、ハイトリ紙、と呼んでいた。岡山の方言では蠅のことをハイ、と言っていたからだ。

ところがこの原稿を書くにあたって調べてみたところ、『リボンハイトリ』というのが正式な商品名であることが判明した。日本でほとんど唯一《ゆいいつ》の蠅取り紙メーカー、カモ井加工紙株式会社は岡山県の倉敷市に本社があり、大正十二年に製造を開始した当初から、地元の方言を商品名に取り入れていたのである。

会社のホームページによると、現在も製造は続いている。日本国内向けの需要は激減しているが、それでも無闇《むやみ》に殺虫剤を振りまけない食品工場や、クワガタ、カブトムシの養殖場などでは現役で働いているらしい。

しかしあの蠅取り紙の生まれ故郷が自分と同じとは、なかなかに感慨深い。出身地の名産品を説明する時、「桃、マスカット、ママカリ、それにハイトリ紙ですね」と言って自慢できるのである。それはとても、愉快なことのように思われる。

昭和四十年代の半ば、蠅取り紙はごく自然に天井からぶら下がっていた。近所の魚屋さんにも八百屋さんにも、我家の台所にも吊《つ》るされていた。べとべとした細長い紙が、ただ真《ま》っ直《す》ぐに垂れ下がるのではなく、ゆるやかに螺旋《らせん》を描いていたような気がするのだが、記憶違いだろうか。表面積をできるだけ広くするためには、その形状の方が理にかなっている。小さな筒の底を押し開き、中身を引っ張り出すと、リボンのようにクルクルと蠅取り紙が姿を現す。割ぽう着姿の母はよっこらしょと椅子《いす》によじ登り、天井のフックにその先端を引っ掛ける。そんな台所の光景が思い出される。

インテリアとしての美を追求した商品ではないのだろうが、吊るされたばかりの、まだ一匹も蠅の止まっていない蠅取り紙には不思議な魅力があった。どこか鉱物を連想させる琥珀《こはく》のような色合い、西日を受けてつやつやと光る妖《あや》しさ、風もないのにほんの微《かす》かな吐息に揺らめいてしまうはかなさ。そして不思議な甘い香り……。じっと見つめていると、自分も蠅取り紙に飛び込んでいってしまいそうな錯覚に陥った。子供は野性的な本能を残しているというから、蠅を引き付けるための作戦にまんまと引っ掛かっていたのかもしれない。

正直に言えば、どうしても誘惑に勝てず、人差し指をくっつけてみたことが何度かある。指先が貼《は》り付いた途端、後悔するのだが、もう引き返せない。粘着力のすごさは想像を越え、自分の指は一生べとべとのままなんじゃないかと、絶望的な気分になった。石鹸《せっけん》で洗っても洗ってもべとべとは落ちず、いつまでも匂《にお》いが指紋の間に染み込んでいた。なのにまたしばらくして、新しい蠅取り紙が登場すると、同じ失敗を繰り返してしまうのだった。

と同時に、蠅取り紙にくっついた蠅を観察するのも好きだった。蠅は罠《わな》に掛かった瞬間に死ぬのではない。どうにかすればここから脱出できるのではないかと、無駄な抵抗を試みる。そうやってじわじわと弱ってゆく。蠅叩《たた》きや殺虫剤が、死んだことにさえ気づかない不意打ちの死をもたらすのとは、明らかに異なっている。そこが蠅取り紙の恐ろしいところだ。

手足を震わせ、もがきながら、蠅は自分が犯した失敗に気づき、己の愚かさを嘆く。気持ちよく飛び回っていたはずなのに、いつの間にこんな事態に陥ってしまったのかと、不条理を恨む。しかしいくら嘆いても恨んでも、取り返しはつかない。粘着テープに絡《から》め取られ、ぐったりと変色してゆく自分の羽を見れば、もうすぐそこまで死が近寄っていることは、誤魔化しようがない。

蠅取り紙の蠅は、実に豊かな想像力を私に与えてくれた。それは最も身近な死の観察場所だった。息絶えた一匹一匹の姿を観察し、彼らの心情に思いを巡らせるのは、子供の私にとっては、名もない誰かの死を悼《いた》むのと同じことだった。

倉敷のカモ井加工紙を訪問し、そのレポートを『新潮45』に寄せている泉麻人《あさと》さんによれば、会社では何年かに一度、蠅供養《くよう》を行っているということである。祭壇に蠅の遺影を飾り、読経《どきょう》のあと、社員の方々が一人ずつ焼香をするらしい。

私が最後を看取った多くの蠅たちも、ただの厄介者としてゴミ箱に放り込まれるだけではなく、カモ井加工紙の皆さんにちゃんと供養されていたのかと思うと、心が安らかになる。やはりハイトリ紙は、故郷の名産品として自慢すべきものだ、との思いを強くする。

こうして蠅取り紙の思い出を懐《なつ》かしく蘇《よみがえ》らせることができるのも、あの商品が体現していたある種の謙虚さのおかげであろう。何の余計な装置もない、派手なパフォーマンスもない。ただそこに吊り下げられているだけの細長い紙。空気も汚さない。エネルギーも必要としない。究極の簡潔さで、自分に与えられた任務を黙々と果たす。自ら蠅の墓場となり、彼らの冥福《めいふく》を祈ってやる優しさも決して失わない。蠅の存在に自分たちが支えられていることを、いつも心のどこかで感謝している。

蠅取り紙が持つ謙虚さについて、久しぶりに思いを巡らせる時間が持てて、幸せだった。世界がもっと単純で美しかった子供時代の思い出の中に、今もハイトリ紙は静かにぶら下がっている。

私の週間食卓日記

子供の頃から小食です。そのことがずっとコンプレックスでもありました。先日あるアンケートで、食の細い女性はもてない、という結果が出ているのを目にしました。自分の人生を振り返り、どうりで、と納得したのでした。

六月十日（木）

朝は息子（十四歳、野球部）のお弁当を作るため、六時半頃起きます。ケフィアヨーグルト一杯。近所のM治療院でマッサージ。原稿が立て込んでくると、「M先生、M先生」と自分を励ましながら書いています。昼食はたいてい、お弁当に詰めた残りです。イカの煮付け、ピーマンと人参《にんじん》のきんぴら、お茶漬け。おやつにアイスクリーム。夜は牛肉のバター焼き（かぼちゃ、アスパラ、もやし添え）、サラダ、チーズ、クラッカー、ワイン一杯。炊《た》いてあったご飯を息子が全部食べてしまい、仕方なく私はクラッカーでごまかしました。おやつはお饅頭《まんじゅう》。

六月十一日（金）
朝　スコーン、牛乳、ヨーグルト
昼　冷やしうどん、水羊羹《みずようかん》
夜　ハンバーグ、サラダ、ゴーヤーのお浸し、シシャモ、ご飯。食後に赤福。
小食と言いながらも、食後のおやつは欠かしません。おやつさえ食べられない時は、本物の病気です。特に和菓子が大好物で、家に何かしら甘いものがあれば、それだけで幸福です。別に有名なお店の高価なお菓子である必要はありません。スーパーに売っている、どら焼き一個で十分なのです。フランスにまつわる五枚のエッセイに難渋し、結局明日へ持ち越すことに。自分の仕事の遅さに呆《あき》れます。特に四十代に入って、集中力がなくなったように思います。やはり日頃から、ちゃんと食べ込んでいないからでしょうか。

六月十二日（土）
朝　パン、紅茶
昼　家族で甲南山手のラーメン屋さんへ。薄味のラーメンと、餃子《ギョウザ》。二年前、倉敷から芦屋へ引っ越してきた時、食べ物に関して驚いたことが三つありました。おいしいラーメン屋さんが多いこと。春になると一斉に皆がいかなごのくぎ煮を作ること。柔らかくて新鮮な水菜が並んでいること、です。

夜　すき焼き、枝豆、らっきょう、ご飯。おやつはオレンジゼリー。

六月十三日（日）

朝　パン、牛乳、枇杷《びわ》

昼　おにぎり（鮭《さけ》、こんぶ）、もずく酢、お味噌汁《みそしる》。午後から甲子園球場へ。対横浜戦。初めて内野の最上段の席で、見晴らしは文句ありませんでした。途中でおつまみの、えびせんとさきいかを少々。座席には文句がありませんが、試合には大いに不満が残りました。二対七で完敗です。隣のおじさん、靴下まで黄色いトラ模様で決めていましたが、九回の裏ツーアウトになったところで帰ってゆかれました。これ以上ないというほど淋《さび》しそうな背中でした。

夜　サバの味噌煮、手羽先の塩焼き、つるむらさきの胡麻和《ごまあ》え、トマトサラダ、ご飯。おやつは栗《くり》饅頭。

六月十四日（月）

朝　パン、牛乳

昼　チキンカツ、いかなご唐揚げ、小松菜と松の実の炒《いた》め物

夜　ほたて貝柱と鱈《たら》のムニエル、にら玉、大根おろし、きゅうりと茗荷《みょうが》の浅漬け、ご飯。おやつは杏仁《アンニン》豆腐。

私はこの食卓日記のファンでよく読んでいますが、どのような分野の方であれ、皆精力的にお仕事をなさっている様子がうかがえ、尊敬することしきりです。取材を三件こなし、徹夜で原稿を書き上げて成田へ向かい、そのまま海外取材へ、などという記述を目にしますと、自分のこのぐうたらとした生活が嫌になってきます。

六月十五日（火）

朝　パン、牛乳、枇杷

昼　スズキの味噌漬け焼き、出し巻き卵、さやえんどうのソテー、ご飯。引っ越し以来、阪神《はんしん》間に残る古い洋館に興味を持ち、自分なりに少しずつ調べています。古い建物を見ていると、想像力が刺激されるのです。今日は隣町の深江にあるBさんのお宅を見学させてもらいました。不躾《ぶしつけ》な来訪者を心温かく出迎えて下さったご主人に、

心から感謝です。
夜　あじの南蛮漬け、ホーレン草の胡麻和え、トマトサラダ、なすのぬか漬け、ご飯。おやつはプリン。

六月十六日（水）

朝　パン、牛乳
昼　冷やしうどん、ごぼう天、いかなごのくぎ煮（もちろん私は自分では作れないので、スーパーで買ったものです）。ビデオ屋さんで借りたフランス映画『バティニョールおじさん』を観《み》ました。ナチス占領下のパリ、ごく普通の肉屋のおじさんが、ちょっとした成り行きからユダヤ人の子供を匿《かくま》うことになるお話です。シモン少年の何と可愛《かわい》く、賢いことでしょうか。少年はおじさんの尽力でスイスへ逃れますが、二度とお父さんとお母さんには会えませんでした。
夜　牛肉の冷しゃぶサラダ、ハタハタの干物、大根おろし、納豆、ご飯。おやつは水羊羹。
明日からは仕事で東京です。小説を書きたい、でも書けない。でも書かなければならない。書けないのは辛《つら》い。だから書きたい。なのに書けない。そんな堂々巡りの一週間でした。

知らないでいる

犬が血尿を出した。動物病院の診察終了時間が迫っていたので、財布だけ握り、リードを引っ張って走りに走った。今日の散歩は妙に威勢がいいですなあ、とでも言いたげに、犬は耳をパタパタさせながら、うれしそうに走った。

紙コップを持ってトイレへ、というわけにもいかず、管を差し込んでの採尿となった。診察台にお座りした犬の尿道に、不透明な白い管をぐいぐいと差し入れてゆくのである。主人はこの段階で診察室の天井の角に視線をずらし、今ここで繰り広げられている行為に僕は何の関わりもないのだと、自分に言い聞かせている様子だった。あるいは一番可愛かった子犬の頃、一緒にじゃれあって遊んだ日の光景をよみがえらせ、懸命に気を紛らわせていたのかもしれない。

ところが犬本人は、けろっとしている。苦痛を訴えもせず、嫌がって暴れもせず、ただ大人しくお座りをしている。尻尾《しっぽ》まで振っている。自分の下半身で今何が起こっているのか、知ろうともしない。それどころか、自分が尿道というものを持っていることさえ知らない。

病名は、急性前立腺炎《ぜんりつせんえん》であった。先生がCTの画像で示して下さったところによると、普通は二センチ程度の前立腺が四センチにも腫《は》れ上がっているらしい。

「この、松ぼっくりみたいなのが前立腺で……」

片手で犬のお腹《なか》にスキャナーを押し当て、もう片方の手でマウスを動かしながら、先生はおっしゃった。何か黒くもやもやとした塊が映っていた。確かに二センチよりは大きかった。

犬にも前立腺があるのか。

それが私の一番の感想だった。人間と同じ哺乳類《ほにゅうるい》、脊椎《せきつい》動物なのだから、あって当然なのだろうが、今まで自分の飼い犬に前立腺があるなどとは、考えたこともなかった。同様に、僧帽弁、三半規管、甲状腺、坐骨《ざこつ》神経、水晶体だってあるのだろう。なのに私は彼を、単なる犬としか見ていなかった。そのように複雑な器官の集合体としてではなく、単なる犬、その一言ですべてが言い表せる存在として扱っていた。すまないことをした、と思った。彼が病気になったのは、ああ、自分が犬の前立腺に注意を払わなかった罰のような気がした。彼を撫《な》でる時には、ああ、このあたりに前立腺があるなあ、ここは脾臓《ひぞう》だろうか、こっちは膀胱《ぼうこう》だなあ、よしよし。と言って可愛がってやるべきだった。

更に四十度を超す熱が出ていることが判明し、注射を打ったり点滴をしたりと、思いもかけず大掛かりな治療となった。採尿の時でさえびくともしなかった彼であるから、注射や点滴の針など問題にはしない。元々内弁慶の犬ではあったが、それにしても、すべての患者犬のお手本となるような態度だった。けなげに耐えている風情《ふぜい》でもない点が、尚《なお》のこと見事である。

帰り道はもうすっかり暗くなっていた。病気の犬よりも人間の方がくたびれてしまって、知らず知らずのうちにため息が出た。尿道に管を差し込まれるのと、差し込まれるのを想像するのは、同じくらい疲れるのだ。

しかし相変わらず犬は機嫌がよかった。普段よりも長く、変化に富んだ散歩に満足していた。これだけ熱が高いと食事は摂《と》れないかもしれませんよ、と先生には言われていたのだが、帰る早々、いつもと同じ量のペットフードを一息で食べてしまった。そうして何を思い煩《わずら》うこともなく、眠りに落ちていった。

胃カメラ、気管支鏡、尿道の管、この三つを私は以前から恐れていた。将来病気をして、このような検査や処置が必要になった場合、自分が理性的でいられるかどうか自信が持てなかった。

「こんなことをされるくらいなら、死んだ方がましだ」

と叫んで病院の人に嫌われやしないかと、密《ひそ》かに心配していた。けれどこの血尿騒ぎでいくらか気が楽になった。犬を見習えばいいのだ。胃も気管支も尿道も知らない自分でいればいいのである。実際何も知らないではないか。自分の身体《からだ》の持ち物だと言われても、この目でじかに見たことはないのだから。

次の日、血尿はまだ続いていたが、犬は散歩に行きたがる。あちこちにおいを嗅《か》ぎ回り、顔なじみの犬に挨拶《あいさつ》をする。もちろん、前立腺をやられるとは、俺もそろそろいい歳《とし》だ、などとぼやいたりはしない。俺が死ぬとしたら、前立腺かもな、と余計な想像を巡らせもしない。

お前は賢いなあ。私は彼を撫でる。彼はもっとたくさん撫でてもらおうとして身体をすり寄せてくる。知らないでいる、などという難しいことを、お前は平気でやってのける。誰に教わったわけでもないだろうに、知らないでいることの静けさをちゃんと知っている。本当に賢いなあ。

私は小説を書くことを知ってしまったから、今こうして小説を書いている。自分に尿道があることを知って、そこに管が差し込まれる様を思い浮かべ、苦痛に顔を歪《ゆが》めるのと同じようにして、書いている。

犬は私の口元をなめ、散歩の続きへと誘う。スズカケの木のそばで立ち止まり、片足を上げ、その根元に血尿を振り掛ける。

野球は人生を身体で表現

土曜日の午後、息子とバッティングセンターへ行った。仕事帰りらしいサラリーマンが、隣のケージで練習していた。後ろ姿を眺めているうち、中学時代の同級生だと気づいた。彼の打撃フォームを覚えていたのだ。

プロでもアマでも、野球をしている人を見るのが好きだ。地元倉敷のマスカットスタジアムに、阪神の試合を観戦に行くのは最良の楽しみだし、河川敷の広場で草野球をしているのに出会うと、つい足を止める。

だから、野球の場面が出てくる小説は、それだけで印象に残る。ジョン・アーヴィング『オウエンのために祈りを』(新潮社)は、少年野球がもたらしたあるアクシデントから、物語が始まる。

オウエン少年は自分が打ったファウルボールで、親友のお母さんを死なせてしまう。途方に暮れたオウエンは、そうすることに何の意味があるのか自分でも分からないまま、大事に収集してきた野球カードを、親友の家の裏口にそっと置いて帰る。物語は、その悲劇から二人が、償いや運命や神について学んでゆくさまを描いている。

一個のボールを追い掛けるだけのスポーツが、時に人生とは何かという、とてつもない問題を投げ掛けてくるのだから、不思議だ。野球のなかで人は、チームのために自分を犠牲にしたり、人の失敗を許したり、嫉妬《しっと》を押し殺したりしている。人生のあらゆる局面を、身体で表現している。

十一歳になり、最近ようやく息子も野球に目覚めてきたようだ。毎日せがまれて、キャッチボールの相手をやらされている。通りすがりの人が、「お母さん、頑張っておられますなあ」と、声を掛けてくれる。

これから彼がどんな生き方を選んでゆくのか、私には見当もつかない。今自分にできるのはただ、彼が投げたボールをキャッチし、それを投げ返すことだけだ。

犬の気持ち、代弁する息子

エリシャ・クーパーの絵本『ヘンリー』（新潮社）を読みながら、息子は何度も「うちのラブと一緒だ」と、声を上げた。ヘンリーもラブも、黄金色《こがねいろ》の毛をした、やんちゃで食いしん坊な犬である。

ヘンリーは飛んでいるみつばちを食べる。ラブは花水木にとまったセミを食べる。ヘンリーは丘の上に座り、草原がかなでる物語に耳を傾ける。ラブは玄関ポーチに座り、夕焼けに浮かぶ三日月を眺める。叱《しか》られるとヘンリーは、挽回《ばんかい》しようとして頑張るけれど、ラブは何にも悪いことなどしていません、という振りをする。

犬を飼うと子どもに責任感が芽生えるとか、思いやりが育つなどと言われるが、実際、我が家にラブがやって来て一番よかったと思うのは、息子が犬の心中を、彼なりの言葉で表現しようとすることだった。

退屈だから遊んでくれって言ってる。興奮しすぎてわけが分からなくなってる。淋《さび》しいから撫でてもらいたいらしいよ……と、息子はラブの気持ちを代弁する。しゃべることのできない生きものに、どうにかして言葉を与えようとする。時にはそこに、自分の気持ちも織りまぜている。

犬が子どもに、想像する楽しさを教えてくれようとは、思ってもいなかった。うれしい誤算だった。

犬と遊ぶのは、本を読むのに似ている。自分の身を想像の世界に置いて、そこで思う存分、自由に駆け回る。

犬に話し掛けたり、本の登場人物と会話したりするのはつまり、自分自身への問い掛けなのだ。

息子はしばしばラブの餌《えさ》やりを忘れるが、ラブに話し掛けることは忘れない。

ヘンリーはやがて年老い、黄金色の毛もあせてゆく。そしてある日、静かに死んでゆき、いつも草原を見つめて座っていた丘の上に埋葬される。ラブが死ぬ時はどんなだろう、と想像し、私と息子は一緒に少し涙ぐんだ。

4

書斎の本棚

物語と小説

葬儀の日の台所

向かいのご主人が亡《な》くなり、お葬式の手伝いをした。週末に迫った戸島神社のお祭りの打ち合せを、公民館でしている最中、急に倒れ、そのまま亡くなったらしい。まだ四十七歳だった。

手伝いと言っても何をしたらいいのか、最初は見当がつかなかった。町内の同じ班は新しく越してきた人が多く、地元の風習をよく知っている一番古い家が、お葬式を出す当のお宅だったので、何をするにも、息子を亡くしたばかりのおばあさんに尋ねなくてはいけない有様だった。

とにかく当日は、七十人分のお味噌汁《みそしる》と、お供え用の御膳《おぜん》と、棺《ひつぎ》に納めるお弁当を作ることになった。死んだ人にお弁当を持たせるのは、聞いたことのない習慣だったが、考えてみればこれから長い旅に出発する人を見送るのだから、残った者たちがお腹《なか》の心配をするのは当然のことだった。そのほか、お味噌汁は白味噌、具は豆腐とかんぴょう、そのかんぴょうには結び目をして、なますには人参《にんじん》を入れず……という具合にいろいろと決まり事があった。つまりは、赤い色のものは使わないのであった。

「それでおばあちゃん、白味噌は何袋くらいいるでしょうか」

お通夜《つや》の席の片隅で、班長さんがメモを片手に申し訳なさそうに尋ねると、おばあさんは取り乱す様子など微塵《みじん》も見せず、

「まあ、五袋もあれば足りるじゃろう」

と答えた。まるで、いつもの夕食の献立を考えているような、穏やかな口調だった。

葬儀の朝は、薄曇りで風が冷たかった。お向かいの台所に入るのは初めてだった。勝手口から私の仕事部屋の窓がよく見えた。私の家の方が一段下にあるので、庭の隅々まで見渡せた。それは確かに自分にとって馴《な》れ親しんだ風景であるはずなのに、視点が逆になっただけで、妙によそよそしく感じられた。自分がどこか遠い場所へ連れて来られたような気分だった。

ただ、いつもと違う雰囲気を察してしきりに吠《ほ》える我が家の犬の声だけが、自分の日常がすぐ手の届くところにあることを、教えてくれていた。しかしお葬式には不釣り合いな、あまりにも威勢のいい鳴き声に、私はびくびくし通しだった。

毎日お味噌汁は作っていても、それが七十人分となると途端にぎくしゃくしてしま

い、物事がスムーズに運ばなかった。台所はうちの三倍くらい広かったが、町内の人々十人以上が集まるとやはり込み入った感じで、少しでもお役に立ちたいと気持の上では思いながら、身体《からだ》の方がうまく動かなかった。朝早く集合したにもかかわらず、最初の方は空のお鍋《なべ》を並べ変えてみたり、食卓の上の湯呑《ゆの》みをあっちからこっちへ移動させたり、布巾《ふきん》を畳み直したりしていた。

ようやく作業が軌道に乗りだしても、一番年下の私は、邪魔にならないようにしているだけで精一杯だった。座敷では、葬儀の準備が慌《あわ》ただしく整えられ、玄関からも勝手口からも、引っきりなしに人が出入りしていた。

しつらえられた棺の中には、遺体が横たわっている。人間にとって最も大きな謎《なぞ》であるはずの死の姿を、そこに厳然と示している。けれど人々にはまだその事実を受け入れるゆとりがなく、座布団《ざぶとん》があと何枚必要か、お坊さんのお菓子は用意できたか、豆腐は何センチ角に切ったらいいか……などというささやかな問題を片付けるのに懸命になっている。あるいは、懸命になっている振りをする。七十人分のお味噌汁を完成させなければ、本当に死を悲しむこともできないのだと、自分に言い聞かせているようでもある。

生前、ご主人と顔を合わせる機会は滅多になかった。遺影を見て初めて、一度資源ゴミの回収の日に、一緒に当番をした人だと分かった。

いよいよお味噌汁も御膳もお弁当も全部用意できた。今度は、次々と到着する親戚《しんせき》の人たちに、お茶とお味噌汁を出すのが仕事になった。私の役目は、春菊の葉をちぎって汁に浮かべることだった。

一人が空のお椀《わん》を用意する。一人がそれに中身を注ぎ、お盆に載せる。私が春菊を浮かべて、一人が運ぶ。

誰にでもできる、単純な作業のはずだった。しかし葬儀の日の台所では、単純な仕事であればあるほど、丁寧にやらなければならなかった。私は春菊の葉の大きさをそろえ、それらが裏返しにならずにバランスよくお椀の真ん中に集まるよう、注意を払った。なおかつ、全体の流れを乱さず、一定のスピードを保つことも必要だった。

春菊に集中しながら、私は資源ゴミ回収当番の日について、何でもいいから思い出そうとしていた。たぶん、必要なこと以外、一言も口はきかなかったと思う。お互いが何者であるかさえ、はっきり名乗り合わなかった。ただ黙々と空瓶を、色別のカゴに分けていた。カゴが一杯になって新しいのと取り替える時は、全部ご主人がやってくれた。時間がきて引き上げる間際《まぎわ》、ご主人はゴミステーションの壁にもたれ、煙草《たばこ》を一本吸った。

今まで思い出しもしなかったその日の風景を、私はわずかながら、よみがえらせることができた。春菊のにおいが染《し》みついた手を洗っていると、いつの間にか葬儀がはじまっていた。私たちはガスの火を消し、換気扇のスイッチを切った。

「お父さん……」

という娘さんの震える声が、台所まで聞こえてきた。出棺の時、奥さんがおばあさんの胸で泣いていた。息子を亡くした人が、夫を亡くした人を慰めていた。

霊柩車《れいきゅうしゃ》が行ってしまうと、あとはもうがらんとしてしまった。葬儀屋さんは早くも後片付けをはじめた。幕を止めていた押しピンが、部屋のあちこちに落ちていた。

真っ白い猫が勝手口に来て、しきりに中の様子をうかがっていた。いつも生け垣の間から顔をのぞかせるたび、うちの犬に吠えられている猫だ。一日中、誰にもかまってもらえず、お腹が空いたのだろう。キャットフードをやると、大変な勢いで皿の中に頭を突っ込んだ。そして、きれいにすべてを食べ終えたあと、

「やれ、やれ」

とでも言いたげに、口元をなめ、生け垣の方へ去って行った。

次の日は、朝から雨だった。ここに引っ越してきて、お祭りの日に雨が降ったこと

は一度もなかった。ビニールにくるまれたお神輿《みこし》は、我が家の前の道は通らずに、裏道をぐるっと回って遠ざかっていった。鉦《かね》も太鼓も鳴らなかった。

アウシュヴィッツからウィーンへ、墨色の旅

覚悟していたとはいえ、ウィーンに着いた時わたしたちはいくらかまいっていた。アムステルダム、フランクフルト、ワルシャワ、クラクフと続いた旅の肉体的な疲労よりは、胸の中に墨を流し込まれたような精神的な疲労の方が大きかった。

前日はアウシュヴィッツにいた。

髪の毛の山もトランクの山も靴の山も、想像していたより巨大だった。二十畳ほどの各部屋の片側全部が、展示ケースになっていた。特に奥行が圧倒的だった。手をのばしても、助走をつけて飛び込んでもとうてい届かない奥の奥まで、そういう収奪品で埋めつくされていた。

それは異様な光景ではあったが、わたしにショックを与えたのは、決して髪の毛そのものではなく、それをつかみ刈り取った（あるいは刈り取らせた）者たちの見えない手だった。

わたしはガラスに顔を近付け、髪の毛の一塊一塊、トランクの一個一個、靴の一つ

一つを見つめていった。あとで手元に戻ってくると信じていたのだろう。ほとんどのトランクには白字ではっきり名前と住所が書いてある。ピクニックに持って行くようなバスケットもある。リボンを結んだままの三つ編みが、髪の毛で織られた布の上に横たわっている。歯ブラシの山、櫛《くし》の山、靴墨の缶の山もある。それら一つ一つがすべて、無言で死を表わしている。どんなにささやかな歯ブラシ一本にも、それを握っていた人間の生の重みが込められている。わたしはそこで、できるだけ多くの死を見つめようとした。

その前アムステルダムでは、アンネ・フランクの一家が潜伏していた際、食料を調達するなどして彼らを支援したオランダ人女性、ミープ・ヒースさんに面会した。お住まいは自転車屋さんの隣の、慎《つつ》ましいアパートだった。道路に面した扉を開けるとすぐ、梯子《はしご》のように急な狭い階段があり、その上からミープさんが顔をのぞかせていた。

「さあ、何でも質問なさい」

最初にミープさんは、背筋をのばしてそう言った。上品なツーピースに、金のイヤリングと真珠のネックレスを身につけ、柔らかそうな真っ白な髪の毛をきれいにカールさせていた。八十五歳とはいえ、しっかりした声で完璧《かんぺき》なドイツ語を話し、耳や足腰やそのほかどこも不自由なところは見られなかった。

壁には去年の一月に亡くなったご主人ヤンさんと、アンネの肖像画が掛けてあった。わたしたちがおみやげに買っていった花を、アンネのお母さんエーディットにもらったという花瓶に、すぐ生けて飾ってくれた。

ゲシュタポによってアンネたちが連行されたあと、素早く隠れ家に入り、床に散らばった日記を拾い集めたのがミープさんだった。今ここで一番大事なものは、お金でも宝石でもなくこの日記なのだというミープさんの判断のおかげで、アンネは死んでからもなお生き続けることができた。

別れ際、頬にキスをしてもらった。日本語しか話せないわたしは、ただただ両手を強く握ることで、感謝と尊敬とさよならの悲しさを表わすしか他に仕様がなかった。

こうした旅の最終地点がウィーンだった。コーディネーター兼通訳のKさんのアパートで夕食をご馳走《ちそう》になりながら、編集者のDさんを含め三人で、わたしたちは繰返し同じ話題について語り合った。ナチスドイツはなぜあそこまで徹底的に、人間を殺すことができたのか。そしてミープさんはなぜ自分の命を危険にさらしてまで、友人を救おうとしたのか。

ウィーンの夜はなかなか暮れず、八時を過ぎてもまだ薄明るかった。中庭では大家さんが猫を遊ばせながら、朝顔の苗を植えていた。一匹の猫はお腹が大きく、もう一匹は豹《ひょう》かピューマのようなワイルドな模様があった。会話が途切れた時、何気なくKさんが書棚から画集を一冊取り出してきた。

「これ、エゴン・シーレよ。少女誘拐と猥褻《わいせつ》罪で牢屋《ろうや》に入れられたりしながら、とにかく描きに描いて、二十八歳ではやり病で死んじゃったの」

シーレはその時のわたしの心にすんなりと入り込んできた。特に人物画に引きつけられた。彼は数多くの自画像を残している。ほとんどが裸体だ。計算されつくした構図でありながら、装飾は一切はぎ取られている。しかも、愛する自己を他人にさらすことで完結する自画像ではない。拒絶の混じった目で自己を徹底的に分解し、その果てにあるものを引きずり出そうとするような裸体なのだ。

そうした彼の視線は女性の裸体にもあてはまる。秘所を描きながら、それが単なるエロティックなものにとどまってはいない。理想や神秘や願望を排除した、残酷なまでにありのままの肉が刻み付けられている。

収容所でも、わたしはこの画集に込められたのと同じものをつきつけられたのだ、と思った。髪の毛やトランクや靴の山に内包されていた死が、シーレの描く肉体の奥にも、確かに宿っているのを感じたのだった。

ウィーンを発《た》つ日、ベルヴェデーレ宮殿の中にあるオーストリア絵画館で実物の絵を見た。ハプスブルク家の夏用の離宮だという豪華な雰囲気の中でも、シーレの生々しさ、毒々しさ、激しさ、不気味さ、緊張、嘆きは、決してそこなわれてはいなかった。

皺《しわ》だらけのシーツの上で男に抱きついている女の絵がある。『死と少女』。男は焦茶《こげちゃ》色《いろ》のガウンをまとい、洞窟《どうくつ》のような暗い目を見開いている。これは死神だろうか。しかし少女は怯《おび》えた様子もなく、むしろ助けを求めるようにしっかりと彼の背中に両腕を回している。

『母と二人の子供』。三人はいろいろな種類のたくさんの布を身体に巻きつけている。まるでミイラになってゆくのを待っているかのようだ。母親には既に死相が表れている。首を傾け、目を伏せ、どうにか子供たちを両膝《りょうひざ》に乗せているが、その最後の力も今まさに背景の暗闇《くらやみ》の世界へ吸い込まれてゆきそうだ。

画集で一番心に残っていた絵、『抱擁』がある。男と女が全裸で抱き合っている。骨、血管、筋肉、脂肪、内臓などが透けて見えてきそうな皮膚。女の髪は大きく広がり、腰骨の先に陰毛が見える。二人の身体は愛を交わしているというより、互いの絶望を確かめ合っているというほうがふさわしい気がする。

『家族』。赤ん坊と全裸の男女。三人の視線はそれぞれ別の場所に注がれている。女の乳房は形が整い、まだ十分に若々しい。赤ん坊は彼女の股《また》から顔をのぞかせている。男は明らかにシーレ自身に似ているが、彼はこの世で自分の子供に巡り合うことはなかった。妻は妊娠六ヵ月で、スペイン風邪で死ぬ。その三日後、シーレも同じ病であとを追う。

宮殿の窓の向こうには、庭園が広がっていた。ふと、監視塔の上から見た収容所の風景を思い出した。一ミリの狂いもないように規則正しく連なった、バラックの列が浮かんできた。その一番果てには、ガス室があった。

日記帳の贈り主

アンネ・フランクがあの格子《こうし》模様の日記帳を、十三歳の誕生日に父親からプレゼントされたのは有名な話だが、日記の完全版を読むと、それが自宅近くの本屋で購入された時、アンネも一緒だったことが分かる。歴史的、文学的に貴重な日記が生まれたのは、偶然のプレゼントによってではなく、才能豊かな少女が自己表現の場所を自ら求めた結果だった。

『アンネの日記』に触発され、私が日記を書きはじめたのも十三歳の時だった。もちろん内容は未熟なもので、残しておく価値などないからとっくに行方不明になっている。

しかし確かに私も、〝初めての日記帳〟というものを持っていた。淡いブルーの色合や、表紙の手触りや、開いた時の紙の香りまで覚えている。ページがどんどん自分の言葉で埋まってゆくのが、うれしくてたまらなかった。命の危険にさらされていたアンネとは比べものにならないが、やはり私にとっても書くことが救いだった。

なのにその日記帳をどうやって手に入れたのか、記憶が欠落している。当時私はお小遣いをもらっていなかったから、自分で買ったはずはない。誕生日に家族でプレゼントをし合うような習慣も、我が家にはなかった。

ところが思いもよらないある再会から、謎《なぞ》が解けた。日記帳だけでなく、それにまつわるいろいろな記憶がよみがえってきた。

三年ほど前だが、珍しくあるテレビ局の仕事をした。生と死をテーマにした対談番組で、収録場所は神奈川県のホスピスだった。残暑の厳しいなか、新幹線と車を乗り継ぎ、緊張と暑さで汗だくになりながら到着してみると、カメラマンが幼なじみのH君だった。

彼とは中学、高校、大学とずっと一緒で、家も近所だった。大学卒業後、テレビ局に就職したのは知っていたが、会うのは十年振りだった。

「やあ」と言って手を上げ、笑いかける雰囲気があまりにも昔と変わっていないので、それがおかしくて私も笑ってしまった。本人は薄くなった髪の毛を笑われたのかと、気にしていたようだった。

仕事が終わったあと中華料理を食べながら、どういう話の流れだったかふとH君が、

「中学の時、僕、本郷さん（私の旧姓）のお誕生日会に招待されたんだよね」

と言った。

お誕生日会？　そんなものやっただろうか。ひねくれ者で、友だちとつるむのが大嫌いだった私が、そんな子供じみた集まりを開くとは……。

しかしH君に言われてみれば、それらしいことをやったかもしれない気になってきた。そして突然思い当たった。あの日記帳はH君からのプレゼントだったのだ。

彼自身はそのあたりの記憶はあやふやになっていた。私の方は、一つ謎が解けたおかげで、忘れていたはずの場面がどんどん思い出されてきた。

H君は正義感の強い子だった。中学の音楽の時間、ある生徒がトイレに行きたいと先生に申し出た。ところがその教師は信じられないことに、それを許可しなかった。

「どうしてもやりたければ、そこへ新聞紙を敷いてやれ」

と、冷たく言い放った。

ひどい。理不尽だ。私は心の中で憤慨したが、言葉にする勇気がなかった。ただ黙って下を向くだけだった。その時ただ一人H君が立ち上がり、毅然《きぜん》と冷静に抗議した。

「彼をトイレへ行かせてやって下さい」

私は自分の卑怯《ひきょう》さを後悔した。人間として当然のことをするのが、いかに難しく、いかに大事か思い知らされた。彼はそれができる人だった。

早稲田《わせだ》の入学式の日、岡山から上京したばかりの私は、知り合いが一人もいなかった。こんなに人がうようよいるのに、どうして自分は一人なんだろうと、心細く思っていると、文学部のスロープの上からH君が下りてきた。やはり片手を上げて、「やあ」と笑っていた。東京で一番最初に私に声を掛けてくれたのが彼だった。

大学で彼は山歩きをはじめ、金曜日にはよく大きなリュックを背負って大学に来ていた。彼を好きになった女の子に頼まれ、仲立ちをしたこともあった。結局彼女は振られたようだった。

卒業式の日。私は東京での就職に全部失敗し、岡山へ帰らざるを得なくなっていた。彼は就職浪人が決まっていた。

「本郷さんは失敗を成功に変えられる人だ。必ず何かを成し遂げる人だ」

と、預言者めいた口調で慰めてくれた。

それから六年後、芥川《あくたがわ》賞をもらった時、誰よりも早く一番にお祝いの電話をくれたのも彼だった。

改めてよく考えてみれば、彼はある場面にふっとあらわれ、日記帳や預言やお祝いや、何か大事なものを残してまた去ってゆく。もしかしたら私に、小説を書くというかけがえのない救いをもたらすため、神様が遣わした友だちかもしれない。そんな気がした。私が彼にもたらしたものなど、何もないのに。

再会後、私は彼の撮影したエイズ問題や遺伝子治療の特集番組を、テレビの前に正座して見た。彼は私の本を、欠かさず読んでくれている。

傷つきすぎる私

タクシーの運転手さんや店員さんに、理不尽に冷たくあしらわれると、必要以上に傷ついてしまう。その場かぎりの付き合いで、たぶんもう二度と会うこともないはずなのに、腹立たしく悲しい気分にいつまでもとらわれるのは、ただ単に私が意気地なしだからなのだろうか。

「あなたちょっと失礼ね」と言い返す勇気は到底なく、ささいなことなど次々に忘れてゆく心の広さもなく、自分でも本当につまらない人間だと思う。『小さいことにくよくよするな！』という本が出た時には、一番に買いに走ったけれど、内容は当たり前すぎるくらい当たり前だった。むしろこの本がベストセラーになった事実の方が、私を安堵《あんど》させた。世の中、くよくよしている人も結構いるのだと発見できた。

何気ない一言や、ほんのちょっとした仕草から、人間はなんと多くの感情を受け取ってしまうのだろう。そのことを考える時、言葉にならない世界の方が圧倒的に広大だと思い知らされ、ますます小説を書くのが難しく感じられる。

最近特に印象深い傷を負った場面は、ある総合病院の救急外来だった。休日の夕方、息子が高熱を出し、いつもの風邪とは様子が違うようなので、慌《あわ》ててそこへ連れて行った。運よく小児科の医者がいてほっとしたのだが、彼はざっと診察したあと、

「おたふく風邪ですね。治す薬はありません」

と言ったのである。不機嫌そうに。

私は決して、今すぐ治してくれと食って掛かったわけではない。おたふく風邪がどんな病気かも知っている。もし彼がその時、

「誰でも罹《かか》る病気ですからね。時期がくれば治ります」

と説明してくれていたら、私はたぶんその診察室の場面を思い出すことなどなかっただろう。

生死に関わる重病の患者さんを抱え、気が滅入《めい》っていたのかもしれない。おたふく風邪くらいで救急にやって来る母親が、腹立たしかったのかもしれない。あれこれ想像をめぐらしながら、私は無口に診察室を後にした。あんな医者に命を預けている患者さんがかわいそうだ、そう思うことが私の試みた抵抗だった。

しかしよく考えてみれば、ささいな一言でこちらがどんな感情に陥っているか、相手はたいして気にしていないに違いない。それほど言葉とは、便利で無防備で危険な

道具だ。自分だって無意識のうちに、誰かを傷つけているはずなのだ。

言葉がぐさっと胸に刺さった時は、かつて私の口から吐き出された言葉によって傷ついた誰かに向かい、心の中で謝ることにする。あの医者から受けた冷酷さと同じものを、私もどこかで誰かに浴びせ掛けたのだと思い、本当にすみませんでしたと、頭を下げることにする。

ありふれた生活に感謝

小説を書くのが嫌になった時、あるいは、小説が書きたくてたまらないのに、ささいな用事が続いてゆっくり机の前に座れないような時、武田《たけだ》百合子の『富士日記』を開く。作家武田泰淳《たいじゅん》の夫人であり、自身もすぐれた随筆家であった百合子さんが、富士山麓《さんろく》の別荘での日々を綴《つづ》った生活の記録である。

何のてらいもなく、毎日の暮らしをありのままに写し取った本だ。特別な仕掛けなどない。けれど、数ページ読み返しているだけで、不思議に心が静まってくる。

必ず、三食のメニューが出ている。きくらげ油酢漬、ふかしパン、はんぺんの清《すま》し汁などがしばしば登場し、どんな味だろうかとつい想像を巡らせてしまう。来客は多くないが、ガソリンスタンドのおじさんや、作家の大岡昇平夫婦や、編集者たちとの親しみに満ちた交流がある。百合子さんは泰淳氏の原稿を汽車便に乗せるため車を走らせ、資料を取りに戻るため東京へ日帰りする。夫婦喧嘩《げんか》をし、死んだ犬を埋葬し、庭の草を刈る。

武田家の生活を追っているうち、知らず知らず、人間のささやかな営みが持つ魅力に引き込まれてゆく。当たり前すぎて見過ごしてしまう風景に、実は宇宙の摂理が映し出されていることを知らされる。毎日毎日、飽きもせず三度ご飯を食べるという繰り返しの中にこそ、生命の源は宿っている。

偉大な生活者、百合子夫人に支えられ執筆できた泰淳氏は、何と幸運な作家であろう。さて、今晩のおかずはどうしようか、と考えながら私はワープロのスイッチを切る。書きかけの小説は、目の前からあっけなく姿を消す。そして、自分を取り巻いているこのありふれた生活に、感謝を捧《ささ》げるのだ。

子ども時代にたっぷりほめて

息子の学習発表会でのこと。五年生の劇が終わった時、隣に座っていたお母さんがつぶやいた。

「さっぱり面白くないわ」

聞きたくないことを聞いてしまった気分だった。確かに、小学生にはシェークスピア劇はちょっと荷が重すぎたかもしれない。でも、だからこそ、より困難な挑戦をした彼らに温かい拍手を送ってやればいいじゃないか、と思った。

息子がまだ保育園に通っていたころ、運動会や学芸会のあと必ず園長先生が、「お家に帰ったら、思いきりほめてあげて下さいね」とおっしゃっていたのを思い出す。その言葉を聞くたび、いい保育園に巡り合えた幸運を、感謝したい気持ちになった。

ライバル選手を襲撃し、けがをさせた罪でフィギュアスケート界から追放されたトーニャ・ハーディングは、どんな大会に出場しても、お母さんから一度もほめられたことがなかったらしい。

「ただもう、ママにほめてもらいたいだけで、滑っていたの」

そうインタビューに答えるハーディングは、惨《みじ》めでさびしそうな表情をしていた。

社会に出て、仕事をするようになると、ほめてもらえる機会などほとんどなくなる。過程でいくら努力しても、結果が伴わなければ評価されない。大人はみんな、子ども時代にほめてもらった記憶の貯金で、どうにかがんばってやっているのだ。

息子は十一歳。彼の子ども時代も残り少なくなってきた。これから嫌でも競争社会に漕《こ》ぎ出してゆかなければいけないのだから、今のうちにたっぷり貯金しておいてほしい。

そういえば先日、刷り上がったばかりの新刊が届いた時。

「これ、全部ママが書いたの？　よくがんばったなあ」と言ってほめてくれたのは、息子だった。

なぜか出せない親への手紙

作家、庄野潤三《しょうのじゅんぞう》さんが、子供たちが巣立ったあとの平凡だが心穏やかな夫婦の暮らしを、シリーズで書きはじめられてから、もうどれくらいたつだろうか。

最初のころ、まだ小さかったお孫さんのふうちゃんも、いつの間にか中学生になった。よその家の子供が大きくなるのは早い、とよく言われるが、まさにそれを実感する。『貝がらと海の音』、『ピアノの音』、『せきれい』、『庭のつるばら』……等々の作品群を読みついでいるうち、自分が庄野家の遠い親せきになったような気さえしてくる。

特にいつも私が心打たれるのは、お嫁に行ったご長女がご両親へ、事あるごとにきちんとお礼状を出していることである。おいしいものの詰まった宅配便が届く、里帰りの時ごちそうしてもらう、宝塚を一緒に観劇する、といった折々に、ご長女はユーモアにあふれる便りを書く。

当たり前のようでも、実の両親に礼状を出すというのは、なかなかできそうでできないものだと思う。自分を振り返ってみても、つい電話一本で済ませてしまう場合が多い。意味もなく照れてしまうのだ。

大掃除の手伝いをしたり、庭木の手入れをしたりと、ご両親を立派に助けていらっしゃるご長女に比べ、いまだに実家の母に甘え、どうにか育児と仕事をやり繰りしている私など、もっとたくさんの礼状をしたためていなければならないはずなのだが。

将来、息子が大きくなった時、私に手紙をくれるようなことがあるだろうか。たぶん、望みは薄いだろう。物書きの子供でありながら、読むのも書くのも大の苦手で、毎日暗くなるまで外で走り回っている彼が、机の前に座り、私のために文章を綴っている姿など、想像できない。

だから私は、玄関に放り投げられた、〝ままへ　りゅうちゃんのところへあそびにいってきます〟というメモを、ひそかに大事にとっている。

循環器内科待合室

倉敷にある川崎医科大学附属病院の新患受付前で、友人と待ち合わせた。香川県の高松に住む友人は、心臓の悪い息子N君を連れ、あちこちの病院を巡っていた。その日、電車を乗り継いで倉敷までやって来るのは、海外での移植の可能性を探るためだった。

十七年ほど昔、二年間だけ川崎医大の秘書室に勤めていたことがある。患者であふれかえるロビーの様子は当時と変わりないが、壁に掛けてある診療科目ごとの先生の名簿には、知らない名前ばかりが並んでいた。

向かいのソファーに、三つ子を抱いた家族が座った。祖父母の腕の中で、赤ん坊たちはお利口に眠っていた。通り過ぎる人は皆、まあ可愛《かわい》らしいと口々に声を上げたが、赤ん坊を抱く大人たちは不安げに、あるいは疲労を隠せない様子で、力なく顔を伏せるだけだった。お母さんの姿はどこにも見えなかった。

やがて友人が到着した。お父さんも一緒だった。友人は身長が百四十八センチしかなく、中学二年生のN君を例えば駅の階段でおんぶしなければならない事態になった場合、体力的に心許《こころもと》ないので、お父さんも付き添われたのだった。しかし幸いにも、道中N君は全部自分の足で歩けたようだった。

大学時代、長期の休みになるとしばしば、高松の実家へ遊びに行った。そのたびお父さんは大張り切りでお布団《ふとん》やクーラーの心配をし、お土産を用意し、帰りは屋島の駅まで送って下さった。当時に比べればもちろん歳《とし》を取ってはいたが、孫のために自分にできるすべてのことをしようという気力は、みなぎっていた。

久しぶりの再会を喜ぶ間もなく、すぐに検査が始まった。レントゲン、心電図、エコーと、検査表を持って三階と四階を行ったり来たりし、それぞれの受付で長い時間待たされた。私は勤めていた頃の遠い記憶を呼び覚ましつつ、少しでも移動距離を短くできないかと右往左往し、結局は大した役にも立たなかった。

N君と同じ年頃か、あるいはもっと小さい子供たちが何人も検査の順番を待っていた。車椅子《くるまいす》に酸素ボンベを載せた女の子がいた。これから自分が何をされるか訳も分からず、お母さんにしがみついている子もいた。カーテンの向こうはしんと静まり返り、モニターを見るためなのか電気も消えて薄暗かった。

余計な口出しはしない方がいいと分かっていながらつい、

「大丈夫?」

と、何回も聞いてしまった。N君はただ、うなずくばかりだった。

十三歳の少年が心の奥に何を隠しているのか、私にとっては果てのない謎《なぞ》だ。少年がまだ赤ん坊の頃、私の家まで遊びに来てくれたことがある。狭い社宅の部屋を、生き生きとハイハイして回った。お腹《なか》の大きかった私は、手に入れたばかりのベビーカーにN君を乗せ、それを押す練習をさせてもらった。食事に行った先で、ギターの生演奏が始まると、ベビーチェアの上から身体《からだ》をよじるようにして、不思議そうに聞き入っていた。

その彼が十三歳となり、大好きだった剣道も野球もあきらめなくてはならなくなった自らの病と、懸命に向き合おうとしている。

たぶん友人は私の何千倍も「大丈夫?」と尋ねたいに違いない。ちょっとした顔色の変化や、小さな吐息一つ一つに不安を感じ、苦しくないかどうか、たまらなく確めたいだろう。しかし同時に、尋ねたところで何がどうなるものでもなく、ただ彼が胸の内に守ろうとしている静けさを乱すだけだ、ということもよく分かっている。赤ん坊の頃のように息子を抱き締めたい気持を押さえることもまた、彼女に課せられた試練なのだ。

検査が終わって、診察を待つ時間がまた長かった。予定の二時半はとうに過ぎ、待合室の窓には、真夏の西日が当たっていた。

そこへ、心強い応援団が二人やって来た。移植を待つ患者や家族たちをサポートするために、ボランティアで活動している人たちだった。一人は、アメリカでの心臓移植が成功した青年。もう一人は、子供を心臓病で亡《な》くして以降、看病する家族の宿泊施設を提供しながら、あらゆる相談ごとに東奔西走している女性だった。彼らを見つけ、それまで疲労を隠せないでいた友人の顔に、安堵《あんど》の表情が浮かんだ。

青年は手術を受ける前、三度も心臓が止まったらしい。けれど日に焼けた顔色からも、がっちりした身体付きからも、そんな気配は少しも感じられない。礼儀正しく、控えめで、薬や日常生活や募金活動について友人が質問すると、こちらが望む以上に丁寧に答えていた。さらには、病院の無料の駐車券をもらう方法まで教えてくれた。

N君は早く家へ帰りたいと言った。病院にいるだけで具合が悪くなる、と漏らした。

「お忙しい中、皆さんがあなたのために集まって下さっているんだから、もう少し辛抱しなさい」

友人がたしなめた。お父さんは、そこにいれば少しでも早く順番が回って来ると信じているかのように、診察室の真前に腰掛けていた。ふと友人の足元を見やると、毛玉だらけの擦り切れた靴下が、スリッパからのぞいていた。

皆、じっと待っていた。名前を呼ばれ、診察室のドアを開けさえすれば、その先に必ず希望があると信じて、待ち続けていた。

あきらめず、愚直に、同じことを

心臓病の子どもを抱え、苦しんでいる友人がいる。移植以外、助かる道がないと宣告されてから、三年余りになる。

友人とは二十年以上の長い付き合いであり、その間に何度も助けたり助けられたりしてきたのだが、今回ばかりはどうしようもなかった。彼女は毎日毎日泣き続け、私はただ茫然《ぼうぜん》と立ち尽くすだけだった。

彼女は、「息子が死ぬことをどうしても受け入れられない」と言った。自分の生んだ子どもが消え去ったあとの世界がどうなるのか、そもそもそこに世界など存在するのか、想像できないのだろう。あるいは、納得できない疑問を問いただすように、「肺も腎臓《じんぞう》も肝臓も親が提供できるのに、どうして心臓は駄目なんだろう」とつぶやくこともあった。

友人としてなす術《すべ》のない自分に苛立《いらだ》ちながら、同時に私は、彼女の姿から子どもを愛する純粋な人間の心を感じ取り、厳《おごそ》かな気持になったりもした。自分の命をなげうってでも守りたいものがある人生とは、何と尊いのだろうか。

一方で子どもを虐待死《ぎゃくたいし》させる親もいる。合理的な理由などなく、子どもを失ったあとの世界について思いを巡らせもせず、そこに死が訪れるまで、ただ自分の感情を吐き出すことにのみエネルギーを費やす。

ニュースなどで目にするかぎり、子どもの虐待は継続的に為《な》される場合がほとんどである。瞬間的な感情の爆発によって殺してしまうケースはまれで、食べ物を与えなかったり、煙草《たばこ》の火を押し付けたり、柱にくくりつけたりして、ある程度の時間、弱ってゆく子どもを目の前にしている。

その間の親の心がどういう状態にあるのか、私のような素人《しろうと》が詮索《せんさく》しても意味がないだろう。恐らく実質的に彼らを救い出せるのは、人間の脳や精神についての専門的な知識と、成熟した社会の福祉だと思われる。子育てのストレスで追い詰められた親への精神的援助、家庭という密室に窓を開ける方法、虐待された子どもを心身ともに救い出す道筋、等など、あらゆる方面での模索がなされているに違いない。そう信じたい。

ならば作家の自分には何ができるのか。そう自問するたび心もとない気分に陥る。戦争に対してであれ、虐待に対してであれ、作家が果たせる役割は回りくどく、ささやかなものに過ぎない。人生の尊さを示すこと、ただそれだけなのだ。

先に挙げた私の友人と、子どもを虐待する親を比べるのは無意味だろうか。ギリギリのところに追い詰められ子どもを傷つけている親に向かい、自分の心臓を取り出しても息子を助けたいと願っている母親だっているのだ、と言ったところで、何の救いにもならないだろう。しかし、作家は人間が犠牲の心を持った存在であることを、何度でも書いてゆかなければならない。たとえ自分の発する言葉が相手に届かないと分かっていても、あきらめず、愚直に、同じことを繰り返さなければならない。

友人は今、海外移植の道を模索しはじめている。息子の病のために、自分が何かしら果たせる役割があることに、救いを得ようとしているかのようだ。またその一方で、だれかの死と善意にすがろうとする自分に、苦悩もしている。彼女がベッドサイドで息子に話し掛けるのを聞いていると、何ものかによって生かされている目の前の命を、どれほど慈《いつく》しんでいるかが、よく分かる。

人間として当然のこと

二〇〇二年の夏も暑かった。暑い暑いと愚痴をこぼす暇もなく過ぎていった。

カナダのトロントで心臓移植を受けることになった、友人の息子さんのため、救う会を結成し、夏の間、募金活動に走り回っていた。子供の臓器提供が認められていない日本では、体重が三十五キロほどしかない十四歳の彼には、移植手術のチャンスはほとんどなく、親子ともども熟考の末、海外への道に賭《か》ける決心をした。

五年前、心筋症が発見され、移植以外に助かる方法はないと宣告されたとき、母親である友人は絶望の淵《ふち》に落ちた。そこからはい上がり、とにかく息子を生かす、という方向へ目を向けるため、どれほど苦しい思いをしたか、その一端を私はそばで見てきた。ただそばで見ているだけで、何の役にも立てなかった。だからこそ、お金の問題に関しては、ささやかながら手助けしたいと思ったのだった。目標金額は、六千五百万円だった。

募金活動とはつまり、頭を下げることであった。よく知っている人から名前も知らない人まで、あらゆる人々に頭を下げ、お願いすることだった。

お願いをし、お礼をする繰り返しの日々の中で、今まで自分がいかに傲《おご》った態度で仕事をしてきたか、思い知らされた。原稿を頼まれることはあっても、人に何かを頼む経験はほとんどない。いい小説が書けないと言って苦労している振りをするばかりで、本を作るため、私に成り代わって印刷屋さんや本屋さんに頭を下げてくれている人々に、思いを馳《は》せたこともない。私にとって募金活動は、自分を恥じる活動でもあった。

頭を下げていると、自然に湧《わ》き上がってくるのは、感謝の念である。暑い盛り、大勢の中学生たちが、声をからしながら募金箱を持ち、街頭に立ってくれた。職場、学校、自治会に声を掛け、労を執って下さった方々、ホームページを作成して下さった方々、チャリティのゴルフコンペ、コンサート、朗読会を催して下さった方々、そして貴重なお金を寄せて下さった方々……もう数えきれないほどの善意に出会うことができた。十四歳の少年により、真の感謝の意味を教えてもらった気がした。

かつてアンネ・フランク一家の隠れ家生活を支え、彼女の日記を守った女性、ミープ・ヒースさんの言葉を思い出す。

「私たちはただ、人間として当然のことをしただけです」

私の関わった募金活動など、ミープ・ヒースさんが払った労苦とは比べものにならないと、よく分かっている。しかしそれでも、当然の義務を果たすのは、決して簡単なことではない。この夏に出会った人々の汗を思い出して、そう思う。なぜなら、人間として当然のことを成せば、それは人間として最上の善となるからだ。

たくましさに潜む切なさ

法に守られた中で幸福を保とうとし、結婚制度を作り上げたのも人間なら、その秩序を打ち破ることで、新たな幸福を獲得してゆくのもまた人間だ……というのが、『「ニューヨーカー」とわたし　編集長を愛した四十年』を読んだ一番の感想だった。

著者リリアン・ロスは、アメリカの有名な雑誌『ニューヨーカー』のルポライターである。一九四五年、のちに名物編集長となるウィリアム・ショーンと出会い、以後、彼が亡くなるまで入籍しないままの関係を続けた。ショーンには奥さんと三人の子どもがいた。彼は半マイルしか離れていない二つの家を、律義《りちぎ》に行き来した。

本書には、当然第三者が想像するだろう、嫉妬《しっと》も混乱も後ろめたさも描かれていない。ロスは一度も結婚を迫っていないばかりか、ショーンの妻に対し、ある種の敬意さえ払っている。毎晩もう一つの家へ帰ってゆく彼の後ろ姿を、心静かに見送っている。彼は私が望むものすべてを与えてくれている、という確信にあふれている。もちろん、妻の側の心情は一行も出てはこないのだが。

書くという才能だけをよりどころとして、社会的に自立している自負が、たぶん彼女の確信を生んでいるのだろう。しかもショーンは、生活を共有するだけでなく、自分の才能を支えてくれるパートナーでもあるのだ。

さらに彼女はノルウェーの男の子を養子に迎え、母親となった。ショーンはこの子を愛し、キャッチボールを教え、PTAの会合に出席した。結婚証明書がなくても、この子どもを慈しみ育てるための家庭が築けることを、まさに証明してみせた。

社会の道徳、常識に萎縮《いしゅく》することなく、たくましく自分の人生を切り開いていった彼女のエネルギーはすばらしい。しかし同時に、ふと切なさも感じてしまう。結婚証明書が得られなかった苦しみを、彼女も味わったはずなのに、それを書かなかった決意の裏にこそ、人間の哀《かな》しみがあると思うからだ。

ほおずき市

学生時代、武蔵《むさし》小金井に下宿して、中央線と地下鉄東西線を乗り継いで早稲田まで通っていた。東西線を早稲田で降りず、もうしばらく乗っていると、竹橋、大手町、日本橋、茅場町《かやばちょう》、門前仲町、木場……とだんだん下町らしい駅名になってくるのはよく知っていたが、実際出掛けてみるチャンスはあまりなかった。しかし通学のたび、何かしらそういう地名を目にしていたので、日本橋、と聞くと妙に懐《なつ》かしい気分になる。

わたしのような地方出身者にとって、下町はどの範囲を指すのか、その中で日本橋はどのあたりに位置するのか、というのはなかなか難しい問題である。下町と聞くと、どこでも歩いていけるくらいの小さな場所をイメージし、その中心に浅草があるのだと思い込んでいる。

大学二年の夏、前期試験が終わって、親友のK子と、わたしと、各々《おのおの》のボーイフレンドと四人で浅草のほおずき市へ遊びに行くことになった。詳しいことは忘れたが、上野駅の山手線のホームで待ち合わせた。

ところが約束の時間を過ぎても、彼女のボーイフレンドだけが現われない。何度も下宿に電話を入れてみたが誰も出ない。

「交通事故にでも、遭ったのかもしれない……」

K子は心配を隠せない様子だった。

「寝坊して、あわてて今こっちに向かっているところだよ」

「時間を一時間勘違いしたのかもしれない。そのうち来るわよ。心配ないって」

とわたしたちは口々に慰めたが、効果はなかった。

三人の前を何本も何本も電車が通り過ぎ、大勢の人々が降りてきたが、たった一人、めざす彼の姿だけが見えなかった。結局、一時間以上待ったが無駄だった。

仕方なくわたしたちは三人だけでほおずき市へ行った。浅草駅を降りると、まっすぐ歩けないくらいの人込みだった。

「何だかすっかりわたしは邪魔者ね」

わたしたち二人に気兼ねして、冗談で彼女が言った。

「じゃあ、ここのコインロッカーにでも入れていこうか」

わたしのボーイフレンドも冗談で答えた。

いつまでも心配そうな顔でいると、かえってわたしたちに迷惑をかけると思ったのか、K子はほおずき市のお祭りのような雰囲気に笑顔を見せた。あちこちで聞こえる威勢のいい声が、田舎のお祭りとは違う熱気を生み出していた。

彼女は小さな鉢を一つ買った。あまりの混雑に、鉢を手に提げて持つこともできなかったので、彼が頭の上に載せて歩いてくれた。そのあと屋台で、ソーダ水を飲んだ。

こうしている間にも、それとなくわたしは、はぐれた彼の姿を探していた。もう口には出さなかったが、彼女もそうだったと思う。

その夜、わたしは彼女の池袋の下宿に泊めてもらった。これまでにも何度もお邪魔した、馴染《なじ》んだ部屋だった。窓を開けると手が届きそうなほど近くに隣の家が迫っていた。洗い物をしている声がよく聞こえた。

部屋に着くと一番に、彼女はほおずきを窓辺に置いた。慎《つつ》ましい部屋に、その赤色がかわいらしかった。それから彼女は洋服を着替え、汗じみができるといけないからと、ブラウスを流しで手洗いした。デートだからいつもよりいい服を着ていたのだ。

そういう、几帳面《きちょうめん》でまめな人だった。

寝床に入ってからも、なかなか眠れなかった。ほとんど一晩中起きて話をしていた。

細かい話の内容までは覚えていないが、大半は互いの男友だちについてだったと思う。わたしたちはほとんど同時に知り合い（男の子同士も友だちだった）、同じような経過をたどって付き合いを始めるようになっていた。

「わたし、もう駄目だと思うの」

彼女が言った。

「えっ」

と、わたしは聞き返した。

「今日会えなかったってことは、これからの二人の成り行きを予言していると思うの」

「どうして。ただ行き違いになっただけじゃない。こんなのよくあることよ」

わたしは取り合わなかった。でも彼女は首を横に振った。

「予感がするの。きっともう、うまくいかないわ」

次の日、彼は間違えて新宿駅で待っていたことが判明した。

「ね。言ったとおりでしょ。ただの勘違いだったでしょ」

わたしは言った。

しかし、しばらくして彼女の予感は的中した。二人はうまくいかなくなった。ほどなくして、わたしの方も別れた。
十年以上、昔の話だ。

言葉を奪われて

言葉を奪われた作家ほどみじめなものはないと、海外旅行のたびに思う。ホテルのフロントマンに愛想よく話し掛けられても、こちらは必要最低限の伝達事項を単語で並べるしか能がなく、レストランでは勘を頼りにメニューを読み、指で差して注文する。

そんな時、彼らに私が言葉で商売している人間だと言ったとしても、信じてもらえないだろうなあと思う。もっとも彼らにとっては、日本語で書かれた小説など何の用もなさないのだけれど。

いくら死に物狂いで書いた小説でも、飛行機にのせて日本を飛び立ったとたん、意味をなくしてしまう。あまりにも脆《もろ》く、不確かで、あっけない。

数年前、フランスのブルターニュ地方の町サン・マロで催された文学フェスティバルに招かれたことがあった。講演だ、シンポジウムだと、堅苦しいことはやりませんので、何の準備もせず観光気分でいらして下さい、ということだったので、言われたとおり気楽に出掛けてみた。

予想したより大がかりな催しで、百人くらい作家が（たぶん作家なのだと思う）集まっていた。そのうちほとんどすべての人が、フランス語を喋《しゃべ》っていた。三、四人のグループに分かれ、お客さんの前で、司会者の進行のもと自由に文学について語り合う、というのが主なスタイルだった。

しかし、そうだとはっきり断言はできない。もしかしたら彼らは、文学とは無関係の問題を論じていたのかもしれない。とにかく何もかもがフランス語で行われているので、すべてを推測するしかないのだ。私はホテルへ戻るたび、ベッドに寝転がり、パンフレットを読み返してみたのだが、結局最後までその会のテーマや、私が招かれた目的を理解することはできなかった。

そして何回かパンフレットをめくっているうち、次の日の午後の討論会メンバーの中に、自分の名前があるのを発見した。

あの時の恐怖を思い出すと、今でも胸が苦しくなる。目の前の観客の中に、日本語が分かる人は一人もいない。通訳もいない。司会者だってフランス語しか喋れない。そんな状態で、私にいったい何ができるのか？

私は全くの無力だった。ただ自分の無力を人前にさらすためだけに、舞台へ上がったようなものだった。ただ一つ、私は小説を書いたのだ、これからも書き続けてゆくのだ、という真実だけが頼りだった。

結局私は、日本語で喋ったのだ。もうどうにでもなれ、という気分になり、誰に遠慮することもなく、とにかく自分の小説に対する思いをべらべらと喋った。

お客さんたちは熱心に耳を傾けてくれた。そっぽを向く人など誰もいなかった。うなずいてくれる人さえいた。喋りたいだけ喋って、私は舞台を降りた。すっきりしたいい気分だった。

重層的魅力の母と息子の濃密な物語——『緋《ひ》の城』

濃密な小説である。母親と息子の物語、と一言で言ってしまっても間違いではないだろうが、それだけでは、本書が持つ大理石模様のように重層的な魅力を、十分に伝えることはできない。死者との交流、生者の中の死との対面、過去を巡る探索、などさまざまな要素が緻密《ちみつ》に絡《から》み合っている。

話は主人公の〝わたし〟が、パリへ転勤になった夫とともに、息子を連れ、新しい住まいを見学するところから始まる。サロンは何もかもが緋色に覆《おお》い尽くされており、かつての住人シュザンヌの持ち物が、整理されないままにあふれかえっていた。しかもシュザンヌは、そのアパルトマンで、そう遠くない過去に急死している。

〝わたし〟は底知れぬ怖さを感じる一方で、そこに潜む死者の影に、どうしようもなく魅せられてゆく。主人公と一緒に読み手も緋色の部屋に引きずり込まれ、果たしてそこから脱出できるのだろうかという不安を抱きつつ、自ら物語の渦の中に身を任せてゆくことになる。

本書には主人公の親子を含め、数組の母と息子が登場する。彼らはそれぞれに痛みを抱えている。けれどその残酷さは、あからさまには描かれない。例えば、〃わたし〃の遠縁にあたる徹は、生真面目《きまじめ》な学者の外観とは不釣り合いな、大食ぶりを見せることによって、あるいは死者シュザンヌは、サロンのあちこちにばらまいた縫い針の存在によって、一滴一滴、痛みを絞り出している。すぐそこにあると分かっていながら、直接触れることのできない痛みの正体に、読み手はますます恐れを大きくする。

〃わたし〃は繊細な感受性と、日々の暮らしを取り仕切るたくましさの両方を兼ね備えた、理知的な女性だ。なのに自分の息子に忍び寄ってくる悲劇の気配には気づかない。アラブの女ナダが笑う最後のシーンで、悲劇は飽和点に達する。いつまでも本を閉じられないほどに、印象深いラストシーンだった。

＊ 木崎さと子著『緋の城』新潮社

私の一冊――『ことばの食卓』

自分で作品を発表するようになってから、あまり小説を読まなくなった。エッセーやドキュメント、写真集、伝記などに手をのばすことが多くなった。書いている間はあまりにもどっぷりと空想の世界に浸っているので、無意識のうちにどこかでバランスを取ろうとしているのだろうか。

しかしエッセーであれ写真であれ、わたしが心ひかれるのは、そこに〝物語〟を発見する瞬間なのである。現実の壁の向こうにひそんでいる、不可思議で魅惑的な何かに触れた時、最も心が震える。結局、何を読んでいても、私は物語を探し求めているのだ。

武田百合子さんのエッセーには、一行一行に独自の世界が隠れている。百枚の小説でも描ききれないものが、日常のスケッチに封じ込められている。しかもご本人にはちっとも力んだところがない。ありふれた質素な言葉たちを、素っ気なく吐き出していくだけだ。ところが、指先からこぼれ落ちたとたん、それらの言葉たちは今まで一度も見たことのない種類の光を放ち始める。そして、現実の向こう側を照らす。

そうした魅力は特に、食べ物を描写する時発揮される。しかも不味《まず》い食べ物だ。なぜか武田さんの入る食堂はたいてい不味く、隣のテーブルにはちょっと不気味な人が坐《すわ》っている。武田さんには現実を見通す視線の確かさと共に、物語を自分の方へ引き寄せてくる才能もあった。甘栗《あまぐり》でも枇杷《びわ》でもご主人でも総理大臣でも、武田さんの視線の前ではみな平等だ。

朝刊に武田さんの死亡記事を見つけた時は、残念で残念で仕方なかった。もう二度とあの文章は生まれないのかと思うと、絶望的な気分になった。この世で一番、会ってみたい人だった。

＊武田百合子著　野中ユリ画『ことばの食卓』筑摩書房

「歴史的背景」を超えていきいきと輝く文学性

『アンネの日記』はわたしが最も長い年月をかけ、数多く読み返してきた本だ。仕事机の一番手をのばしやすい場所に、いつも立て掛けてある。

この日記が世界中で読み継がれてきた理由は、歴史的背景の意味を超える、すぐれた文学性にあると思う。思春期の少女の内面をこれほどまでに生き生きと描いた文学を、わたしは他に知らない。

キティーという架空の友人に語り掛けるスタイルを取ったことからも分かるように、アンネはただの一人よがりなつぶやきを書き記したのではなく、自分の世界を言葉で構築して他者に伝えようとした。十代はじめですでに彼女は、冷静さとユーモアを持った視点、個性的な観察力、言葉の豊かさなど、驚くべき資質を備えていた。

特にわたしが好きな箇所は、袋が破れてペーターの部屋が豆だらけになる豆事件だ。彼女はそれを単なるエピソードに終わらせず、物語の一場面のように仕上げている。書き手としての自分の距離を意識的に保ちながら、登場人物たちを鋭く、温かく描写してゆく。短い文章のなかで、その場の空気から音、色まで、すべてを言葉で浮き上がらせている。暗い隠れ家生活にも、こんな明るい光が差すことを、懸命にキティーに伝えようとしている。

もし彼女が生きていたら、どんな小説を書いていただろう。わたしはそれを、たまらなく読みたいと思う。

頼るべきもののなき世界、夢と現実の間の「狂気」

一九八八年、わたしが海燕《かいえん》新人文学賞でデビューした時の、選考委員の一人が色川武大《たけひろ》氏だった。〝この人は小石を一個一個積み上げるようにして書いてゆく人だ〟という選後評が、今でも心に残っている。わたしはそれを、最大の励ましの言葉として聞いた。

新人賞に応募するための小説を書いている間、『海燕』に『狂人日記』が連載されていた。雑誌を買って帰ると、一番にそのページを探して読んだ。

わたしが書いていたのは、社会から徐々に遊離してゆく痴呆《ちほう》症の老人と、妊娠によって内側に別個の現実を抱えてしまう若い女の小説だった。人間が自分を守るために引く、他者との境界線がぼやけた時、何が起きるか懸命に探ろうとしていた。だから『狂人日記』の一行一行が、わたしにとっては衝撃であり、救いであった。

これは日付のない日記である。現在も過去も、現実も夢も、死者も自分も、すべてが境界線を取り払われている。頼るべき目印のないあやうげな世界へ、そろりそろりと踏み出して行くと、不意に〝グリーン色宇宙型をした蜘蛛《くも》〟が出迎える。猿が壁の中へ横すべりしてゆく。ワンタンのようなものが天井の端にひっついている。読み手はこれらを狂気の現象として隔離することができない。むしろ自分自身の意識の底を撫《な》でられているような、生々しい感触を味わう。否応《いやおう》なく日記の世界へ引きずり込まれ、帰るべき場所を見失ってしまう。

＊色川武大著『狂人日記』講談社

死の気配に世界の深み知る

一九八四年から二年間だけ、ある医科大学の秘書室に勤めた。論文を清書したり、郵便物の整理をしたり、会議にお茶を出したりするのが仕事だった。

自分の能力を生かせる、もっと創造的な仕事がしたい、などとは少しも思わなかった。自分に生かすべき能力がないのはよく分かっていた。ただ、大学時代には注意を払いもしなかった、ささやかな現実の側面（例えば、書類の上下に何ミリ余白を空けるか、あるいは、学会出席の返事をタイプするのに何のエレメントを使うか……）に、一日中神経を尖《とが》らせていなければならないことが、苦痛だった。

仕事が終わって家に帰ると、村上春樹の短篇集『中国行きのスロウ・ボート』を何度も読み返した。神経にこびりついた現実を払い落とし、伸びやかに呼吸するためには、言葉の世界に身体《からだ》を浸す必要があった。

その短篇集には一切、啓示も教訓も含まれていない。また、なにものかを象徴もしていない。僕は中国人の少女を間違った電車に乗せ、彼女は犬の死骸《しがい》と一緒に埋めた貯金通帳を掘り起こす……。そこにあるのは、ただの物語、それだけだった。

いつまでたっても仕事には慣れなかった。仕事の内容自体は単純なのだから、余計なことは考えず、条件反射のように作業をこなしてゆけばいいのだが、常に居心地の悪さがつきまとっていた。

ある日、教授からカルテの束を渡され、医事課へ持ってゆくよう言われた。農薬を飲んで自殺した人のカルテが三冊あった。故意に見たわけではないが、防ぎようもなく視界に飛び込んできたのだ。

自分をがんじがらめにしている書類やタイプライターという現実の向こうには、死が存在していた。毎朝一番にシューターで送られてくる手術予定表にも、清書する論文の中にも、死はあふれている。私の注いだコーヒーを飲む教授の手は、ついさっき、誰かの内臓を切り取っていたかもしれない。

秘書室と病室は遠く離れていた。私が直接患者さんと向き合うことはなかった。それでも死の感触は、すぐそばにあった。

そうした発見は私を憂鬱《ゆううつ》にしなかった。むしろ自分が今直面している世界は薄っぺらなものではなく、深い意味をたたえているのだと、証明してくれているように思えた。

やがて私は『中国行きのスロウ・ボート』に立ちこめているのもまた、死の気配だと気づいた。友人の葬式のために喪服を借りる話『ニューヨーク炭鉱の悲劇』にも、芝生を刈るアルバイトの話『午後の最後の芝生』にも、それは等しい濃度で漂っている。リアルな生者の息遣いの中にさえ、滅びゆく予感の影が忍び寄っている。なぜなら村上春樹が描くのは、対立する生と死ではなく、生と死の平等な往来であるからだ。

秘書室を辞めたあと倉敷の田舎に引っ越し、小説を書くのに没頭した。『中国行きのスロウ・ボート』は、もしかしたら自分にもいい小説が書けるんじゃないだろうか、という錯覚を呼び起こした。錯覚と希望を混同するくらい愚かにならなければ、誰も小説など書けないだろう。

デビュー作が文芸誌に載るまで、そこから三年かかった。そして私は今でも書き続けている。あの時呼び起こされた錯覚を、ずっと変わらず抱き続けている。

＊ 村上春樹著『中国行きのスロウ・ボート』中央公論新社

本屋大賞のご褒美《ほうび》で買った本

第一回本屋大賞のご褒美は、全国の書店員さんがお店に飾って下さったポップのスクラップ帳と、十万円分の図書カードだった。四月の授賞式以来、何度もスクラップ帳を開いてきた。『博士の愛した数式』のために、名前も顔も知らないどなたかが、こうして一枚一枚、美しいポップを書いてくれたのだと思うと、それだけで励まされる。さあ、また新しい小説のために、真っ白い原稿用紙の前に座ろう、という勇気が与えられる。

また同時に、博士と家政婦さんとルート少年が、遠いどこかへ旅立っていったような感慨も覚える。彼らを作り出したのは間違いなく自分だったはずなのに、その実感は薄れてゆくばかりだ。もはや三人は私の手の届かない、読者の心の中にいる。そしてそれが少しも淋《さび》しくない。むしろ登場人物たちが新しい場所で、作者の思惑を越えた役割を果たしていることに、驚きと喜びを感じている。

さて、もう一つの図書カードについてだが、これもまた〝2004年本屋大賞〟と特別に印刷されたカードが、可愛《かわい》らしい赤い箱に収められていて、とても心がこもっていた。ある時、インタビューの仕事で一緒になった方が、

「若くてお金がなかった頃、もし今目の前に十万円あって、好きな本が買えるとしたら何を選ぶか、あれこれ考えてリストを作るのが楽しみでした」

とおっしゃった。たとえ貧乏でも、書物によって魂を豊かに保ちたいと願う若者が、ノートの端っこに、本の題名を書き連ねている様子を、いとおしい思いで想像した。

その若者の姿は、二十年以上昔、武蔵小金井の四畳半の下宿で、どうにかしていい小説を書きたいともがいていた、私自身でもあった。

当時、新刊の単行本を買うのは、何よりの贅沢《ぜいたく》だった。一割引きで購入できる大学の生協以外、普通の書店で買物をしたことがなかった。古本や文庫や図書館で借りるのではなく、まっさらな新刊を自分だけのものにしたい気持が、純粋な本物の欲求であるかどうか、お財布と相談しながら、吟味に吟味を重ねた上での買物だった。

なのに今、もしではなく、現実に十万円の図書カードが自分の手にあるのだ。それで好きな本を買っていいのだ。こんな贅沢が他にあるだろうか。武蔵小金井の下宿にいる自分に、このご褒美を見せ、

「だから頑張って小説を書き続けなさい」

と、励ましたい気分だった。

現在までに図書カードで購入した本のリストは、全く支離滅裂で何の統一感もない。年甲斐《としがい》もなく舞い上がっているうえに、この際買いそびれていた本を手に入れておかなければ、というがめつさもありありと出ている。

恐らくこういうリストには、否応なくその人の品格が現われるものなのだろう。志の高さや教養の深さが、リスト全体に得も言われぬ味わいを漂わせる。そう考えると恥ずかしくてたまらないのだが、仕方ない。とにかくこれが、私のリストです。

堀江敏幸《としゆき》さんは常に場所を描く作家だと思う。人物を描写していても、こちらに伝わってくるのは、彼らが立っている場所の色合いや空気の質や壁の手触りだ。彼らは皆どことなく控えめで、自分は単に場所の一部分にしか過ぎないのだ、というふうに振る舞う。その思慮深さがたまらなく私を引き付ける。

というわけで、堀江さんの本が二冊入っている。『雪沼とその周辺』は特に場所への意識が濃い作品集だが、中でも『イラクサの庭』に出てくるレストラン兼料理教室のたたずまいが、イラクサスープの苦味と、氷砂糖の甘味とともに印象深く残る。

『魔法の石板　ジョルジュ・ペロスの方へ』は、作家ペロスの文学に寄り添い、その生涯を慈《いつく》しむエッセイでありながら、やはり私の胸に迫ってくるのは、ペロスが言葉を書き付けていた屋根裏部屋の風景だ。貧困にもひるまず、死産した双子の弟の不在を背負いつつ、朝六時に鳴る教会の鐘を聞きながら、作家が仕事をした屋根裏部屋。そこは、ものを書くことの尊さを証明する場所なのだ。

神経医学者オリヴァー・サックスの『妻を帽子とまちがえた男』はすばらしい本で、あまりにも圧倒的な事実は、事実の境界を越える時、上質の物語を生み出す、ということを教えてくれた。読み終わった途端、たまらなく小説を書きたい気分になり、本書に出てくる視覚的失認症をヒントにして、図々《ずうずう》しくも短篇を書いたのだった。しかしその作品は、上質、とは言い難かったのだが。

同じ著者による、自身の少年時代の回想が『タングステンおじさん』だ。私はタングステンが金属元素の一つであることさえ知らない化学音痴だが、それでも大いに楽しめた。医者の両親や、金属工場を経営する伯父さんから化学の魅力を教わり、少しずつ世界を広げてゆくオリヴァー少年の姿が愛らしい。

地球の核が頼りがいのある巨大な鉄の球だと知って安堵《あんど》し、自分が太陽や星と同じ元素からできていると知って胸を躍らせる。さらには、バスの乗車券に印字されたアルファベットと数字が、偶然にも元素記号とその原子量になっているものをコレクションしはじめる。例えば、O16、S32、C12、F19……等など。最も困難と思われた塩素（原子量35・5）は、Cℓ355を見つけ、自分で小数点を書き入れて解決する。こうして九十二の元素すべての化学乗車券を手に入れたオリヴァー少年は、コレクションをポケットに入れて持ち歩き、まるで全宇宙を収めているかのような喜びを味わうのだった。

こんな少年が身近にいたら、思わず抱き締めないではいられないだろう。利発で素直な少年（決して少女ではなく）が登場する本ならば、私は何でも好きになってしまう。

二年半前、芦屋に引っ越して以来、関西弁の小説に興味を覚え、谷崎の『細雪《ささめゆき》』など読み返しているうち、久しぶりに田辺聖子さんの小説が恋しくなって『ジョゼと虎《とら》と魚たち』を購入。凄《すご》い。こんなに凄い小説がこの世にあるのを、今まで知らずにいたなんて、私はあまりにも愚かだった。

表題作のラストで、ジョゼが（アタイたちは死んだんや）とつぶやく場面。そこにたどり着いた時、ページを持つ指がしばらく動かせなかった。誰かを愛しすぎた時、人は死の匂《にお》いをかぐ。

森茉莉《まり》は私にとって不思議な作家だ。〝茉莉言葉の森〟に住む作家である、という不思議さは当たり前なのだが、なぜか彼女は私の本箱がお気に召さないらしく、知らない間にこっそり家出して、二度と戻ってきてくれない。知人に貸してそれきりになったり、引っ越しの時行方不明になったり、ふと気がつくと、そこにあったはずの森茉莉の本が消えている。けれどしばらくすると必ず、また読みたくなって、本屋さんへ走る。こんなことを幾度か繰り返している。

方向音痴の私は常に迷子の状態で梅田の地下街を歩いているので、なかなか紀伊國《きのくに》屋《や》へたどり着けない。今日は紀伊國屋で本を買おうと決意して家を出ても、結局行き着けないまま、大丸デパートで栗羊羹《くりようかん》だけ買って帰ったりする。ところがその日は、元々大丸デパートへ行くつもりが、紀伊國屋へ到着した。これは運がいいと、心行くまで棚の間を歩き回り、森茉莉と再会したのだ。今度はいつまで居てもらえるか自信はないが、とにかく四冊購入した。

梅田にくらべると三宮の方がいくらか分かりやすい。三宮のジュンク堂は地上の、しかもアーケードの中にあるので、アーチ型の入口にさえ立てば、あとは真っすぐ歩くだけで見つけられる。ここの書店員さんはいつも忙しそうに立ち働いているが、「この本ありますか？」と尋ねると、ぱっと手を止め、目指す場所まで連れて行ってくれる。そのてきぱきした感じが気持ちいい。

さて、青山ブックセンターの閉店（編集部注・のち再開）はショックだった。本屋大賞の運営にも、ABCの方が尽力して下さった。授賞式の時、美味《おい》しい中国茶をプレゼントしてくれた方もいた。皆さんのお顔を思い浮かべ、案じている。

『「バンコク・ヒルトン」という地獄』は、ヘロインを体内にしのばせ、バンコクから日本へ密輸しようとして逮捕され、二十五年の刑を科せられた英国人女性の手記だ。どんな理由があったにせよ、たった二十万円のお金欲しさに罪を犯してしまった彼女に、感情移入できないまま読み切ってしまった。家族思いで理知的な彼女の心は、長い刑務所生活の中で次第にすさんでゆく。四人仲間が倒れても、助け起こそうともせず、ただ厄介事が自分に降り掛かってこないようにとだけ願う。刑務所が罪を償う場所ではなく、人間性を失う場所になっていることが恐ろしい。

私の洋館好きがどこからきているのか、自分でもよく分からない。町を歩いていて、古い洋館を見つけると、いつまでもうっとり眺めている。洋館に関する本を見つけると、素通りはできない。『京都の洋館』、『歴史遺産　日本の洋館』、『二楽荘と大谷探検隊』、『英国カントリー・ハウス物語』。洋館の本は何冊あっても邪魔にならない。

ミシェル・トゥルニエの『魔王』。またしても凄い小説を読んでしまった。守護天使の一撃を受け、胸部にくぼみを持った大男ティフォージュが、世の中の徴《しるし》の解読を使命とし、〝担《かつ》ぎ〟の意味を体現してゆく物語。『オウエンのために祈りを』(ジョン・

アーヴィング）において、オウエンが自分の極端な身体《からだ》の小ささに使命を見出《みいだ》したのと対をなすかのように、ティフォージュはその長身によって、最後、星を担ぐ。物語とは、何と底知れない力を秘めているものなのだろうか。私は一種、恐れを抱いて、再び白紙の原稿用紙の前に座る。

『魔法の石板　ジョルジュ・ペロスの方へ』（堀江敏幸／青土社）
『乱視読者の英米短篇講義』（若島正／研究社）
『タングステンおじさん　化学と過ごした私の少年時代』（オリヴァー・サックス／斉藤隆央訳／早川書房）
『夜の果てへの旅』上下巻（セリーヌ／生田耕作訳／中公文庫）
『父の帽子』（森茉莉／講談社文芸文庫）
『薔薇《ばら》くい姫・枯葉の寝床』（森茉莉／講談社文芸文庫）
『贅沢貧乏』（森茉莉／講談社文芸文庫）
『私の美の世界』（森茉莉／新潮文庫）
『京都の洋館』（京都モザイク編集室／青幻舎）
『ジョゼと虎と魚たち』（田辺聖子／角川文庫）

『Sickened　母に病気にされ続けたジュリー』（ジュリー・グレゴリー／細田利江子、寺尾まち子訳／竹書房文庫）
『救急精神病棟』（野村進／講談社）
『ベル・ジャー』（シルヴィア・プラス／青柳祐美子《あおやぎゆみこ》訳／河出書房新社）
『雪沼とその周辺』（堀江敏幸／新潮社）
『「バンコク・ヒルトン」という地獄』（サンドラ・グレゴリー／川島めぐみ訳／新潮社）
『驚異の発明家《エンヂニア》の形見函《ばこ》』（アレン・カーズワイル／大島豊訳／東京創元社）
『がんから始まる』（岸本葉子／晶文社）
『歴史遺産　日本の洋館　第五巻昭和篇1』（文・藤森照信　写真・増田彰久／講談社）
『阪神間モダニズム』（「阪神間モダニズム」展実行委員会／淡交社）
『二楽荘と大谷探検隊』（芦屋市立美術博物館）
『芸術新潮　特集ロシア絵本のすばらしき世界』２００４年７月号
『グリコのおもちゃ箱』（加藤裕三／アムズ・アーツ・プレス）
『広告キャラクター大博物館』（ポッププロジェクト編／日本文芸社）
『周期律　元素追想』（プリーモ・レーヴィ／竹山博英《ひろひで》訳／工作舎）
『英国カントリー・ハウス物語』（杉恵惇宏《あつひろ》／彩流社）

『魔王』上下巻（ミシェル・トゥルニエ／植田祐次訳／みすず書房）
『あしや子ども風土記《ふどき》』（芦屋市文化振興財団）

男を置き去りにして――『雲南の妻』

中年を迎えたある日本人夫婦の家に、一人の若い中国人女性が、妻と女同士の婚姻関係を結ぶ、という形で入り込んでくる……。

こんなふうに書くと、スキャンダラスな性愛小説か、あるいは浮き世離れしたメルヘンか、と思われるかもしれない。しかし村田喜代子はこの特異な設定を、大地に根付いた現実感の中で描ききっている。どこにも余分な力は入っていないし、回りくどい小細工もない。彼らはただ、雲南を包む風の流れに、ごく当たり前に身をまかせるだけなのだ。

圧倒的な現実感が生み出された背景には、やはり雲南という土地の持つ力があるだろう。首都北京《ペキン》は彼方《かなた》に遠く、空気はむせるほどに湿り、水蒸気の立ちこめる森林の奥、無数の少数民族たちが独自の風習の中で暮らしている。夜の間だけ降る姿の見えない雨、あらゆる匂いが満ちあふれる市場、獣のようにそびえる熱帯の樹木。雲南にまつわる何もかもが、読み手の五感にストレートに響いてくる。ひとたびページをめくると、見たこともないはずの果ての世界に、否応《いやおう》なく引きずり込まれてしまう。

主要な登場人物はごく限られている。雲南に駐在し、少数民族から藍染《あいぞめ》やお茶を仕入れている智彦と、その妻で語り手の敦子、そして智彦の仕事を手伝うフイ人の娘、英姫《インジ》の三人である。智彦と敦子に子供はいないが、不自由な地で助け合いながら、一応安定した夫婦の生活を営んでいる。

問題は英姫の存在だ。智彦と彼女の間に間違いが起こり、夫婦の関係にひびが入り、妻が嫉妬《しっと》に苦しむ、という流れならば、おもしろいかおもしろくないかは別にして、するすると読み進めることができるだろう。雲南の風物をちりばめれば、かつて幾度となく出会った似たような不倫話も、いくらか目新しく感じられるはずだ。

ところが村田喜代子はこちらが考えもしなかったやり方で、見事に予想を打ち破ってしまった。英姫が望んだのは、敦子との結婚であり、智彦を含めた三人での共同生活だったのである。

英姫は実に魅力的な女性だ。数ヵ国語を操り、少数民族の人々を相手に、賢いビジネスを展開して智彦を助け、悪路を十数時間移動する厳しい出張にも、愚痴一つこぼさない。大胆でありながら同時に恥じらいの微笑《ほほえ》みを浮かべ、食事の折りなど、はっとするほど野性的な振る舞いを見せたりもする。彼女の魅力が、この小説の土台を支えていると言ってもいい。

雲南には別居婚をはじめ、結婚にまつわるさまざまな風習が残っているらしい。各々《おのおの》の民族が抱える事情に合わせ、柔軟な生き方が実践されている。〝生きやすいように生きる〟という人間の欲求が、原始的な自由を生み出している。

英姫が望んだ女性との婚姻は、男性に頼らず、一人で生きてゆくための手段だった。一人の男に縛られず、外の世界で自分の能力を発揮するためには合理的な手段であり、フイ人の村ではきちんと認められた形態なのだ、そのうえ自分がいつも近くにいれば智彦の仕事にもプラスになる、と彼女は主張する。

ならばこれは単なる契約なのかというと、そうとも言い切れないところがまた、英姫の存在を複雑にしている。彼女が敦子に対して示す親愛の情には、特別なものがある。不意に敦子の手を取り、太股《ふともも》へ引き寄せる場面を読めば、自分のキャリアを守るために、日本人女性を利用しているだけではないのが分かる。彼女たちの肉体の触れ合いは神秘的であり、だからこそ余計に官能的でもある。

敦子が婚姻を承諾したのは、夫の仕事のためでも、同性愛に目覚めたからでもなかった。彼女を後押ししたのは、「行け、行け。英姫と共に行け……」と囁《ささや》く、樹木の影の声だった。

フイ人の風習に従い、敦子は花嫁代償金として、お茶とお米一袋に、豚五頭分のお金を用意する。英姫は一人でさっさと市場へ出掛け、軽トラを雇い、五頭の黒豚を買ってくる。このあたりの描写が軽快でおもしろい。本当は深刻な問題であるはずなのに、女二人は声なき声に導かれるまま、理屈など軽々と飛び越えてしまっている。

新たにスタートした三人の生活の中で、英姫は多様な役割を果たす。敦子と協力して智彦のために美味しいおかずを作り、仕事の面でもますます能力を発揮し、敦子が病気に罹《かか》ると、母親のように心配し、看病する。溌剌《はつらつ》とした彼女の活躍ぶりを見ると、奇妙なこの婚姻スタイルもまんざらではない気がしてくる。現代日本の一夫一婦制の方が、雲南の山奥の風習より、よほど時代遅れの堅物に思えてくる。

一方、女性たちの伸びやかさに比べ、男性は分が悪い。智彦はほとんど自分の意見を主張できないまま、ずるずると妻の結婚を承諾してしまう。断固として反対するだけの迫力もなく、ビジネスと割り切る冷徹さもない。目の前に美味しい料理が並んでいれば満足し、貴重なお茶を仕入れることができれば大喜びし、英姫にちょっかいを出して拒否されればむくれる。女二人が独自の関係を深めてゆけばゆくほど、智彦の無邪気さ、滑稽《こっけい》さがあらわになってくるのだ。

子供がいないせいかもしれないが、敦子は常に、保護者の視線で夫を見つめている。

どんな場面でも、夫の心情を冷静に推し量り、それを理解し、許している。ところが英姫に対する時は、相手が年下にもかかわらず、幼子のような無防備さをさらけ出す。まるで、目的に縛られない純粋な自由の海を、英姫と手を取り合い、漂っているかのようだ。

終始男を置き去りにし、女性たちが結束してゆくさまを描いた小説が、最後の最後、辛《つら》い結末を迎える。敦子がひととき漂ったあの自由の海は、夢の果てよりももっと遠い、雲南の山の奥にしかないのだろうか。

蛇足を一つ。無性に中国茶が飲みたくなる小説である。魂を吸い取られるほどに濃密なお茶を。

＊ 村田喜代子著『雲南の妻』講談社

私が好きな「太宰《だざい》」の一冊

今、偶然をテーマにした短篇を連載している。日常生活にふと差し込む偶然の影が、思いもしない世界の扉を開くような小説が書けたら、と考えてスタートさせたのだが、いざとなると難しい。わざとらしくなく、大げさすぎず、それでいて圧倒的な存在感のある偶然はないだろうかと、毎回苦心している。

そんな時、まさに偶然、『ヴィヨンの妻』を再読し、これがいかに魅力的な〝偶然小説〟であるかを発見した。

病弱な子供を背負い、行き場を失い、ぎりぎりのところまで追い詰められた主人公は、悲惨さの中で溺《おぼ》れる代わりに、ささやかな奇跡を呼び起こした。しかもクリスマスイブの夜に。

最晩年の、死の匂《にお》いに満ちた作品でありながら、極まった絶望の果てに安楽の光が差している。その光のかたわらに佇《たたず》み、最後まで男は言い訳を重ね、女は淡々と生きるための方法を考える。

救いのための偶然が、いつのまにか残酷さを映し出してゆく。怖い小説だ。

最上質の愛に包まれた看取《みと》りの文学――『残花亭日暦』

本書は雑誌『俳句』に連載された、田辺聖子さんの二〇〇一年六月一日からの日記であるが、それが図らずも、ご主人〈カモカのおっちゃん〉を見送る記録となった。

これほどまでに温かい愛情に満ちた看取りの文学が、かつてあっただろうか。ページをめくりながら、自分もこんなふうに家族を愛したい、人生を慈《いつく》しみたいと、何度思ったか知れない。

車椅子《くるまいす》生活ではあったが、訪問看護師や付き添いの人たちの手を借りつつ、平穏な毎日を送っていたご主人が、突然口の中から出血をして入院する。そして、手術のできない癌《がん》を宣告される。家には世話の必要な九十六歳の実母がいる。そのうえ原稿、講演、対談、文学賞の選考など、仕事は山積みになっている。

しかし田辺さんは取り乱さない。かと言って、毅然《きぜん》と格好よく振る舞う、というのでもない。まあ、人生にはこういうこともある。だましだましやりましょう。という具合に、ひとまず現実を丸ごと受容してしまうのだ。無理に力まず、無駄に嘆かず、困難な状況の中にわずかに灯《とも》る光を、大事に見出《みいだ》してゆく。

だから田辺さんは愚痴をこぼさない。人の笑い声を聞くのも、自分が笑うのも大好きだったご主人が、みるみる衰えてゆくのを目の当《まあ》たりにしても、彼を自分の気持ちに忠実な〝洞窟《どうくつ》の原人〟として理解し、受け入れる。死を苦役からの解放だと発見し、ご主人と過ごした苦役の楽しかったことに、感謝する。

ある日病室でご主人がつぶやく。〈かわいそに。ワシは　あんたの。味方やで。〉

その言葉に、お二人の愛情の在り方がすべて凝縮されているような気がする。ものを書いて生きてゆく辛さを、ご主人はよく理解していた。その辛さを分担することはできなくても、一番の味方でいてやることはできる。事実、ずっと変わらずそうあり続けてきた。田辺さんはこの世で、自分を〈かわいそう〉と思ってくれる人間と出会えたことに、幸福を感じる。

別れの時が近づいている間も、田辺さんは決して仕事を休まなかった。しかも悲壮感はみじんもない。そこにはただ、長い年月、言葉で自分を支え続けてきた女性の、しなやかな精神があるだけだ。そのしなやかさが、機知に富んだ、ユーモアあふれる、豊かな夫婦の関係を育《はぐく》んだのだ。本書は、最上質の看取り文学であると同時に、作家田辺聖子の根幹を支えた、愛の記録と言えるだろう。

＊田辺聖子著『残花亭日暦』角川書店

作家を廃業した私の姿

原稿の締切が近付いてくると、よく同じ夢を見る。

何らかの理由により私は作家を廃業しており、十五年ほど前に勤めていた私立医科大学の秘書室に舞い戻っている。そこでは気の強い意地の悪い先輩たちが全員、昔のままの姿で仕事をしている。早速、学会用スライドの作製を命じられるのだが、タイプの使い方など忘れてしまっていて、何をどうすればいいのかさっぱり分からない。ああ、このままでは先輩に怒鳴られる、どうしよう……と胸をドキドキさせ、身をすくめているところで目がさめる。

夢というには余りにもリアルな絶望感が残り、しばらくは動悸《どうき》がおさまらない。そして自分はもう秘書ではない、作家なんだということに気づいて安堵《あんど》し、書ける喜びをかみしめながら、取り敢《あ》えず目の前の締切をやっつけるのである。

閉ざされた徒労感

高校時代の授業の思い出などほとんど残っていないのだが、現代国語の教科書に大江健三郎《けんざぶろう》氏の短篇小説が載っていたことはよく覚えている。主人公は鳥という名で、バードとルビがふってあった。主人公に姓名がないという、ただそれだけのことが当時のわたしには重大に思えた。それまで知らなかった小説の新たな深みへ、自分が導かれてゆくような予感がした。

しかし、共通一次試験が間近に迫っていた時期で、教師は明らかに現代小説に割く時間を削りたがっており、結局たいした読解もなされないまま授業は先へ進んでいった。大学入試のためには、わざと難しく書いているとしか思えない評論や、一文がやたらと長い回りくどい随想の要点を、一五〇字でまとめる練習をする方が、現代小説を味わうより大切だとされていた。

推薦という手を使って大学入試から逃れたわたしは、十七歳の終わりをほとんど図書室で過ごした。そこでようやくわたしは自分と同じ時代を生きる作家たち、吉行淳《よしゆきじゅん》之介《のすけ》や古井由吉《よしきち》や倉橋由美子と出会うことになる。

　と同時に、わたしは自分でも小説を書いてみたくなった。本を読みながら、これと同じような作品を書きたいか書きたくないか、自分に問い掛けていた。小説の存在している場所と、自分の居る場所が、どんなつながり方をしているのか。日常の言葉がどういう回路を通って小説へ移行してゆくのか、知りたくて仕方なかった。明確な答えはつかめなくても、小説の地盤に触れた感触を確かめてからでなくては、一行も書けないのではないかと思っていた。そんなふうに考えるきっかけを与えてくれたのが、大江健三郎だった。

　大学に進んですぐ、文芸関係のサークルに入り、週に一度読書会を開くようになった。その第一回めのテキストが『死者の奢《おご》り』だった。高田馬場《たかだのばば》のルノアールで、七、八人がそれぞれに新潮文庫を持ち、小さな声でも聞き取れるようできるだけ身体《からだ》を近づけ合って、三時間近く議論した。

　それで何がどうなるというわけでもない。ただただ、『死者の奢り』を間にはさんで、何かを語る。それだけのことだ。その証拠に議論の内容など覚えていない。腓という字の横に〝こむら（ふくらはぎ）〟と書き込んであったり、……水槽に浮かんでいる死者たちは、完全な《物》の緊密さ、独立した感じを持っていた。……というあたりに鉛筆で線をひっぱってあるのが、ページに残っているだけだ。

新入生としての緊張と、ルノアールの柔らかすぎる椅子のせいで疲れきり、わたしは早く終わらないかとそればかり考えていた。ようやくお開きになる雰囲気が見え始めた時、先輩の女子学生がつぶやいた。

「わたしはもっと、徒労感にこだわりたいのよね」

そこからまた延々と読書会は続いていった。おしまいには、文庫本の表紙が汗で反り返っていた。

確かに、大江氏の初期の作品には救いようのない徒労感が満ちていた。人間を言葉で形作ってゆく時の足掛かりが、その徒労感にあったと思われる。そしてそれは最後まで報われることのないまま、ある時は乱暴に、ある時は残酷に、置き去りにされていた。

最初わたしがひかれたのは、この置き去りにされる感触だった。出口のない密室(死体処理室、療養所、倉庫、バス……)に閉じ込められ、脱出の方法も知らされないまま立ちすくんでいるうち、最後の一行を読み終えてしまう。ある一つの方向へ流れてゆくものではなく、一個の閉じた世界として小説をとらえるのなら、自分にも書くきっかけがつかめるかもしれない、などと感じていた。

やがて他の作品を読みすすめてゆくうち、大江氏は救いの方向へ向かって密室を脱出してゆくのだということを知るのだが、結局最初に植え付けられた、閉じたものとしての小説観は、今もわたしの中に根強く残っている。

むしろわたしにとって重要だったのは、大江氏が変ったか、変らなかったかではなく、その境目に生じた現実と小説の摩擦だった。障害のある子供自身が抱えている世界と、自分が存在している世界のずれ。小説という虚構と、子供と共生してゆく現実の関わり。正常と異常、現実と虚構。ここにさまざまな境界線が見えてきた。境界線を意識的に踏み越え、あるいはその上に留まり、現実を異化してゆく試みから、わたしの小説はスタートした。

パリの五日間

六月のはじめ、パリへ行き、私の小説を仏訳してくれているローズ・マリー・マキノさんに初めて会った。フランスでの最初の本、『La Piscine（ダイヴィング・プール）』が出版されて五年ほどたつのだが、自分の小説をどんな人が翻訳しているのか、知らなかったのだ。

なのに空港で、お互い一瞬のうちに相手を認め合い、タクシーの中で早くも打ち解け、懐《なつ》かしい友人と再会したような気分になれたのは不思議だった。実際に会わなくても、常に小説が二人の心をつなぎ合わせていたからだろうか。

ローズ・マリーさんに案内してもらい、出版社のACTES SUDを訪ねた。サンジェルマン・デ・プレ教会の近くの、大学や書店が多い界隈《かいわい》にある、静かな建物だった。緑の美しい中庭に面した部屋は、どこも本や印刷物が無造作に積み上げられ、壁には雑誌の切り抜きがペタペタと貼《は》られていた。ものを作り出そうとする活気と、文学に対する思索的な雰囲気の、両方にあふれた空間だった。

仏訳が出版されるたび本を送ってもらい、書評が出ればどんな小さな記事でもコピーを送ってもらい、ACTES SUD とはもう馴染《なじ》みになっているつもりでいた。ただ日本にいる間は、自分の作品が遠いフランスで本になっているという実感を、どうしても持てなかった。ところが、編集室に一歩足を踏み入れた途端、リアルな安堵感を覚えた。テーブルの端に置き忘れたコーヒーの紙コップや、電気スタンドの笠《かさ》にクリップで留めた黄色いメモ用紙や、そんな何気ない一つ一つが、私の小説のために人々が真摯《しんし》に働いてくれている、証拠のように思えた。

日本を出る時、わざわざパリまで行って、自分にできることなどあるのだろうかと心配だった。実際、手渡されたスケジュール表には、びっしりとインタビューの予定が書き込まれており、安心した。もっとも、そのうちのいくつかは直前になってキャンセルされた。そこがラテン民族の大らかなところかと、私は気に留めなかったが、プレス担当の女性は「必ず穴埋めに、書評のスペースを大きくしてもらいますから」と言って、立腹していた。普段はクールで物静かな彼女の、そうした様子が頼もしかった。

インタビュアーたちは皆、九月に出る予定の『HÔTEL IRIS（ホテル・アイリス）』のゲラを抱え、ありとあらゆる質問をしてきた。よくこれだけ、尋ねるべき問題があるものだと、途方もない気分になり、めまいを起こしそうだった。

ホテルのロビーに閉じこもり、私は彼らの質問に懸命に答えようとした。日本語が通じないからこそ余計に、多くの言葉を繰り出し、少しでも彼らの求めに応《こた》えようとした。

正直に言って、四年も前に書いた『ホテル・アイリス』のことなど、半分忘れかけていた。ところがインタビューを重ねるうち、彼らの熱意に引っ張られ、執筆当時の細やかな精神状況がありありと思い出されてきた。今まさにペンを置いたばかりであるかのような、身体の火照《ほて》りさえもが蘇《よみがえ》っていた。それは作家として、幸せな体験だった。

もっと幸せだったのは、通訳をしてくれたローズ・マリーさんが、最後のインタビューが終わった時、「小川作品に対する自分の翻訳態度が、間違っていないと確信できたわ」と、言ってくれたことだった。そして私は、インタビュアーに対してだけでなく、同じ作品を共有する書き手同士であるローズ・マリーさんに向かって、語っていたのだと気付いた。

滞在の中日、イタリア広場の近くにある書店で朗読会ができたのは、ホテルのロビーから抜け出し、外気を吸えるという意味でも貴重な体験だった。知的な中年の女性が経営する、広くはないが良質な本がきちんと揃《そろ》った書店だった。

レジの前のちょっとしたスペースにテーブルが用意され、お客さんたちは思い思いに書棚にもたれかかり、朗読会が始まるのを待っていた。テーブルにつき、朗読する予定の『ホテル・アイリス』をめくっていると、目の前にいる女性が話し掛けてきた。長く込み入った話のようだった。ローズ・マリーさんは「訳せないわ……」と呟《つぶや》いてため息をついた。その間も女性は息継ぎさえする間もなく話し続け、トーンは次第に高まっていった。意味の通じる話だろうとそうでなかろうと、フランス語が分からない私にとっては同じことで、ただ彼女の方を向いてじっとしているよりほか仕様がなかった。色のきれいな洋服をお洒落《しゃれ》に着こなし、ブルネットの髪を頭の上でまとめ、使い込んだ革の鞄《かばん》を提げていた。

お客さんたちは辛抱強く、大人の態度で事態を見守っていた。やがて若い男の店員さんが彼女を説得し、穏便に外へ連れ出そうとしたのだが、勢いはとまらなかった。彼女の独白は店中に響き渡り、今やそれこそが本当の朗読であるかのようだった。

熱がピークに達し、何かが爆発しそうになった瞬間、女性は最後の一言を発すると同時にテーブルをバンと叩《たた》き、店を出て行った。その残響の中で、私の朗読はスタートした。目の前のテーブルには、汗ばんだ女性の手の跡が残っていた。

夜、ホテルに帰ってベッドへ入る前、まだ薄明かりの残る空を見ながら考えたのは、朗読会の女性のことだった。彼女が帰り着いた先に、優しく迎えてくれる誰かが待っていますように、柔らかいベッドが用意されていますように、と祈ってから眠った。

先生と出会えた幸運

今から二十三年前、ずっと小説を書いていこうと決心して、早稲田の文芸科に進級した。その最初の授業で、平岡篤頼《とくよし》先生のおっしゃった言葉が忘れられない。

「将来君たちが作家になって、僕と再会する機会があったとしたら、その時は先生ではなく、平岡さんと呼んで下さい」

文芸科の教壇に立たれる時先生は、学生に講義をする教師ではなく、ものを書こうとしてもがいている若者に向き合う作家、という立場を貫いておられた。あまりにも未熟な私たちに対してさえ、ある種の共感を示して下さった。それは、教師と学生の立場を越え、言葉で表現する困難さの渦中《かちゅう》にいる者同士の共感だった。

当時先生は既に、ヌーボー・ロマンの翻訳だけでなく、評論集『変容と試行』、短編集『消えた煙突』を出版し、更に『薔薇《ばら》を喰う』などの小説を次々と文芸誌に発表しておられた。私にとって先生は、生まれて初めて出会った生身の作家だった。

演習で実作を学ぶ早稲田の文芸科については、小説の書き方など大学で教えられるのか、という否定的な意見もあったようだが、私自身はこのコースを選んだおかげで大きな財産を得たと思っている。とにかく、目の前に本物の作家がいて、自分に話し掛けてくれる。そのことだけでも貴重な体験だった。先生は大学が終わったら、お宅へ帰って書斎にこもり、原稿用紙のます目を一つ一つ埋めてゆくのだ。先生のこの指から、小説の一行一行が生み出されてゆくのだ……などと胸の中でつぶやきながら、まぶしい存在を見上げるような思いで教室に座っていた。

文芸科には、言葉を書きつけることを尊重する空気が満ちあふれていた。たとえ途方もなくのろのろとした、おぼつかない足取りであったとしても、とにかく言葉だけを頼りに歩んでゆく行為は尊いのだ、という空気に、私たち学生は守られていた。

ただ、私が平岡先生に提出した作品はひどいものばかりだった。特に一番最初の課題、読書体験についてのエッセイ三枚は、妙に緊張して肩に力が入ってしまい、思い通りに書けなかった。先生はいつもびっしりと赤で書き込みをし、一人一人に声を掛けて返却して下さるのだが、私の場合はただうなり声しか出ないようなありさまだった。

「うん、君のはいい。とてもよかった」と、特別にほめられている学生がいた。ほめられているのに少しもうれしそうに見えない、大人びた猫背の男子学生だった。その

た。彼、勝谷君が、勝谷誠彦《まさひこ》氏だったと判明したのは、卒業してしばらくたってからだっ

その後、何度か二十枚程度の短編が課題となり、優秀な作品は文芸科の雑誌『蒼《そう》生《せい》』に掲載された。もちろん勝谷君の小説も載った。私は、DやC評価ばかりで、活字になるなど夢のような状態だった。それでも私はあきらめず、課題が出ていない時でも作品を仕上げて先生の研究室へ持って行った。

どんなにお忙しくても先生は、ゆったりとした雰囲気で原稿を受け取って下さった。そして、「書き続けなさいよ。将来どんな職業に就こうとも、どんな生き方をしようとも、書くことだけは忘れずにいなさいよ」と、おっしゃった。先生のお声と、本の匂《にお》いにあふれた、西日の射《さ》し込む研究室の風景が、今でもありありとよみがえってくる。

卒業後、就職し、自分の能力の乏しさに呆然《ぼうぜん》としながら、当てもなく小説を書く毎日に元気をなくした時、先生の言葉だけが救いとなった。もしも文芸科での日々がなかったら、私は途中であきらめていたかもしれない。

最初の作品集が出版されて以来、先生には文芸科の課題を提出するような気持ちで、ずっと本を送り続けてきた。先生は必ず、どこか一点をほめる手紙を下さった。その

一点は、他の誰も気に留めない、ささやかな一場面であることが多かった。例えば、「肩についた犬の毛が、夕日に光って見えるあの一行。それこそがあなたの小説を支えているのです」というように。

昨年（二〇〇四年）二月十八日、読売文学賞のパーティーに駆けつけて下さったのが最後だった。二次会がお開きとなり、タクシーを待つ間、先生はお店の入り口のベンチに座っていらした。首に巻いたマフラーが上品でお洒落だった。早稲田の頃からのダンディぶりは、少しも変わっていなかった。

「今日はどうもありがとうございました」

と言ってお見送りしたのが、お別れになった。

文学の世界で、先生と呼べる存在に出会えた幸運を、私は神様に感謝したい。それは誰にでも訪れる幸運ではないだろう。結局先生を、先生以外の呼び方で呼ぶことはできなかった。先生は最後まで、私にとっての先生だった。

平岡先生、どうもありがとうございました。

『中国行きのスロウ・ボート』を開きたくなる時

自分が敬愛する作家の、最も好きな作品が短編である場合、何かと具合のいいことが多い。もちろん長編であっても一向に構わないのだが、短編ならばふと思い立った時、最初から最後までいつでも通して読み返せる。あるいは全文を書き写し、より深く小説の奥へ分け入って、言葉の一個一個を味わい尽くすこともできる。

村上春樹作品の中で、私がそういう読み方をしているのは、『中国行きのスロウ・ボート』に収められた、『午後の最後の芝生』である。私はその文庫本を仕事机の片隅に常に置いておき、小説を書くのにうんざりしたり、目がチカチカして頭痛がしたり、ただ意味もなくぼんやりした気分になった時、手に取ってページを開く。

自分が作家になる前は、当然のことながら私は読者の立場としてその小説を読んでいた。しかし今は、書き手として向かい合っている。純粋な読み手でいる方が、読書は楽しめるという人もいるかもしれないが、私はそうは思わない。自分も小説を書くようになったことで、『午後の最後の芝生』がいかに豊かな物語であるか、より実感を持って知ることができた。と同時に、これほどまでに愛される作品を書いた村上春樹に、奇妙な嫉妬《しっと》を感じたりもしている。

『中国行きのスロウ・ボート』は、村上春樹の最初の短編集である。処女作にはすべてが含まれる、とよく言われるが、確かにこの短編集には、現在にまで至る彼の世界のあらゆる要素が描かれている。

『羊をめぐる冒険』の物語が膨張してゆく力、『世界の終りとハードボイルド・ワンダーランド』の自己解離への怖《おそ》れ、『TVピープル』の硬質さ、『ねじまき鳥クロニクル』の徒労感、『スプートニクの恋人』の空虚さの永遠性……。皆揃っている。あるものは正々堂々と、あるものは言葉の陰にひっそり身を隠すようにして、スロウ・ボートに乗り込んでいる。

『午後の最後の芝生』は大学生の男の子が、アルバイトで芝を刈る話である。たったそれだけのことだ。

最早《もはや》お金を稼ぐ必要がないことに気づいた彼は、最後のバイトで、風変わりな喋《しゃべ》り方をする中年女の家の芝を刈る。完璧《かんぺき》な仕事をこなしたあと、ティーン・エイジャーの女の子の部屋と思われる一室へ案内され、感想を求められる。

粗筋を説明しはじめると途端につまらなくなる小説は、いい小説だ。芝生を刈るだけの話がベストワンなんて、これほど明確に小説というジャンルの魅力を証明できる事実はない。

これは記憶の話でもある。最後の芝刈りの記憶が、ぐったりとして柔らかい子猫に姿を変えて思い起こされる。また、ガールフレンドとのセンチメンタルな別れの話も出てくる。「僕」は無意識的にその別れと距離を保とうとしているが、どうしても誤魔化しきれない疼《うず》きを感じている。

そして全編を覆《おお》っているのは、死の気配だ。死者は一人も登場しない。なのに誰もその気配から逃れることはできない。

最も肉感的で存在感のあるバイト先の中年女性が、実は最も濃い死後の世界の匂いを漂わせている。感情を排除したぶっきらぼうな物言い、ピクルスを齧《かじ》る音と、ウォッカ・トニックのグラスを握る指輪のない手には、誰かを失った哀《かな》しみがしみ込んでいる。彼女と同じ部屋に立ってしまったために、「僕」は半ば強引に、ほとんどそうとは気づかないうちに、こちら側と死との境目に、身を置くこととなる。

〃……長い小説を書いているとき、僕はいつも頭のどこかで死について考えている〃と村上春樹は言う。だから私は小説を書いていて訳もなく哀しくなった時、『中国行きのスロウ・ボート』を開きたくなるのだろうか。

あなた以外に

十六年ほど前、文芸誌『海燕』に小説を書くようになった最初の頃、最も驚いたのは、編集者が親身になって私の作品と向かい合ってくれることだった。どうしてこの人は、こんなにも一生懸命になって下さるのだろうか。自分が書いた小説でもないのに。という、圧倒されるような気持ちにしばしば陥った。

丸の内のはずれにある、テーブルの間を作り物の観葉植物で仕切ってあるような殺風景なビジネスホテルの喫茶店で、ゲラを前に、『海燕』の編集者と長い時間過ごした日を今でもよく覚えている。朝早い時間で、サラリーマンたちがモーニングセットを食べている中、私たちは一枚一枚ゲラをめくっていた。既に赤ペンでかなりの直しが入っていたが、まだ不十分だった。題名さえ決まっていなかった。

私たちはその小説が本来あるべき理想の姿を共有し、それをぼんやりとではあるが頭のどこかに思い描いていた。私はそのずっと手前に留まっていた。ある瞬間、少し手を伸ばせば何かがつかめそうな予感がするのに、実際には掌《てのひら》は空っぽなのだった。

「次のページ、いきましょうか」

諦《あきら》めるのはいつも私の方が早かった。

「いや、もう少しこのところ……」

押しとどめるのは必ず編集者の方だった。彼は私と同い年でまだ若いのに、思慮深く、決してうろたえない人だった。周囲の人たちは皆、黙ってトーストをかじり、新聞を読んでいた。未完の小説の前で立ち往生している私に、注意を払う人など誰もいなかった。

どういうきっかけだったか、ふと小さな灯りがともり、私の中に新しい場面が浮かんだ。すぐさま私はゲラに赤ペンで、十数行ほどの書き込みをした。それは主人公が学生寮の庭に花の球根を植える場面だった。編集者の視線が痛いほど鋭く手元に突き刺さってくるのが分かり、私はとても怖かった。怖くて仕方ないので、恐る恐る一歩ずつ進んでゆくしかなかった。そのうち、球根を植える場面から、思わぬ方向に道が拓《ひら》け、小説は『ドミトリイ』という題名となって完成した。

以来ずっと、私にとって編集者は怖い存在であり、完成前の未熟な小説の前で、彼らの内面ではどのような思いが渦巻いているのか、想像もできないでいる。そんなある日、偶然『「ニューヨーカー」とわたし　編集長を愛した四十年』という本を手にした。それはアメリカの雑誌『ニューヨーカー』のライターである、リリアン・ロスの自伝だった。内容の多くは、名物編集長ウィリアム・ショーンと出会い、結婚を許されない状況の中、関係を深めてゆく様子に割かれているが、私が興味をひかれたのは、編集者としてのショーンの姿だった。

サリンジャーやレイチェル・カーソン、ハンナ・アーレントなどを登用した彼は、大勢の作家から、あなたのために書くのです、と言われるほどの信頼を寄せられていた。ショーンは作家の才能と交感することができた。作家がどこに向かって進んでいるにせよ、そこまでの道のりを示すことができた。そして、「あなた以外にこれを書ける人はいないんですよ」と言って、作家を励ました。

ああ、そうか。私は丸の内のビジネスホテルの朝を思い出した。あの時『海燕』の編集者は、先に球根を植える場所に立って、私を待っていたのだ。根気強くそこで、私に手招きしていたのだ。

「あなた以外にこれを書ける人はいないんですよ」

作家たちはショーンのこの言葉を、耳にたこができてもなお、何度でも聞きたがったという。私も十六年間、同じ言葉で励まされてきた。そっくり同じせりふではないけれど、もっと別な言葉遣いで、態度で、大勢の編集者に導かれてきた。私の小説にどれほどの意味があるのですか、世界には素晴らしい小説がいっぱいあるのに……。そんな気分になって座り込もうとする私を、無理やりにでも立ち上がらせてくれた。短編『夕暮れの給食室と雨のプール』が英訳され、『ニューヨーカー』の九月六日号に掲載される知らせが届いたのは、今年の真夏の盛りだった。ウィリアム・ショーンは既に亡《な》く、文芸誌『海燕』は休刊になってしまった。けれどショーンの残した言葉は、今まで私の小説に向き合ってくれたすべての編集者たちの声と一体になり、心の中で響き続けている。

閉じ込められるということ

『完璧な犠牲者』という本を手にしたのは、以前わたしが似たような題名の小説『完璧な病室』を書いたことがあるから、というわけではなく、帯の文句があまりにも衝撃的だったからだ。

［誘拐・監禁・奴隷《どれい》契約。

奇妙な〝ヘッドボックス〟は悪魔の発明のほんの入り口だった。

七年間にも及ぶ凌辱《りょうじょく》の日々。］

しかもこれは小説ではなく、アメリカで実際に起きた事件なのだ。

誘拐やレイプはしばしば発生しているけれど、この事件の特異なところは、一九七七年五月十九日、犯人の男がヒッチハイク途中の二十歳の女性を誘拐し、それから七年もの長い間にわたって、自宅に監禁していた点だ。更に犯人の妻は承知の上で夫に協力し、その七年の間に子供を二人生んで育てている。また、被害者をただ閉じ込めておくだけでなく、契約書を交わして奴隷として働かせてもいる。期間が長いだけに、人間関係や環境が微妙に変化してゆき、余計に事件を複雑なものにしている。

写真で見ると、犯人の男は背が高く、眼鏡を掛け、鼻がやや大きめで額が広い。美男子とは言えないが、ごく普通の顔だ。平凡すぎて内面的なものがうまく読み取れない。反対に妻はうつむいているので表情は分からないが、人間としての雰囲気はよく伝わってくる。安物のパーカーをはおり、そのポケットに両手を突っ込んで、うつろに視線を漂わせている。特にパーマが取れかけ、最後にブラシをかけたのはいつだったのだろうと思わせるような、ぼさぼさの髪の毛が印象的だ。

犯人の目的は何だったのか。それはお金ではなく、ただ性的欲求を満たすことである。彼は相当なサディストで、完全に自分に服従する女性を求めていた。最初は妻を相手にいろいろな行為を楽しんでいたのだが、段々物足りなくなってきて、このとんでもない誘拐計画を考えた。妻も身代わりが出現してくれれば、自分がもう痛い目に遇《あ》わなくてすむと思い、消極的にだが協力する。その代わり妻は夫に、子供を作る約束を取り付けている。こうして、あまりにも奇妙な三角関係が成立してしまった。
(しかし結局、罪の意識に苦しんだ妻の告発によって、事件は明るみに出ることになる)

裁判の際、最も問題になったのは、誘拐された当初は別にしても、被害者は合意していたのではないかということだった。七年もの間には、電話するなり逃亡するなりして助けを求めるチャンスがあったはずだ、と思うのは当然だ。

確かにある時期彼女は、住み込みのベビーシッターという形で近所付き合いをしたり、モーテルへ働きに出たり、更にはたった一泊だが実家にも帰っている。逃げ出すチャンスはいくらでもあった。しかし彼女はそうしなかった。

犯人が奴隷売買の地下組織、〝カンパニー〟の存在をでっち上げ、それを彼女に信じ込ませたからだ。まことしやかな〝奴隷契約書〟を作り、無理矢理サインさせ、カンパニーの会員はあちこちに散らばっていて、逃げてもすぐに捕まる。捕まったら最後、恐ろしい拷問《ごうもん》が待っている……と脅したのだ。

普通の神経の人間なら、そんなばかばかしい話など信じないが、突然に監禁され、縛られたり鞭《むち》で打たれたりする恐怖の中で、契約書を突き付けられたらどうなるか、それを想像するのは不可能だろう。

たいていの人は、自分に限って……という気持ちをどこかに持っている。自分に限って癌《がん》になるはずがないとか、自分に限って霊感商法にだまされるはずがないとか、自分に限って催眠術に掛かるはずがない、という具合いに。

わたしもずっと自分に麻酔は掛からないと、意味もなく思い込んでいた。だから生まれて初めての手術で、正体不明の気体を吸わされて、十まで数えるように言われながら四までしか数えられなかった時、自分が何の面白みもない平凡な人間であることを思い知らされたような気分だった。

つまりどこにでもいる普通の二十歳の女性が、〝カンパニー〟の存在を信じ込まされたということは、例外的な状態ではなく、誰でもここまで洗脳される危険がある、ということだろう。

さて、帯の文句にある〝ヘッドボックス〟は何かというと、被害者の頭をすっぽりと覆って自由を奪うために、犯人が自ら作ったベニヤ製の箱のことだ。帽子入れほどの大きさで、鉄の蝶番《ちょうつがい》がついており、底には首がぴったり収まるような円形の穴が開けてある。被害者は誘拐されたその場ですぐ、ヘッドボックスをかぶせられている。箱を閉じられたとたん、彼女は暗さと窮屈さと息苦しさと蒸し暑さに、いっぺんに襲われることになる。ヘッドボックスとはつまり、持ち運び自由な、最小の、かつ絶対的な密室ということである。

犯人は奴隷を痛めつけることに関しては実にまめな男で、あらゆる道具を自分で作っている。またどういう巡り合わせか、彼は製材所に勤めていたので、材料を手に入れるのも容易だった。

もう一つ彼の〝作品〟で法廷に提出された証拠品は、ベッドと床のすきまに収まる柩《ひつぎ》のような箱だ。肘《ひじ》を立てることもままならない狭さで、頑丈な鍵《かぎ》が掛けられ、訪ねて来た人に気づかれないよう、出入口は特製の鏡板で覆われていた。彼女はほとんどの時間を、その中で過ごした。

監禁された時、人はどんなことを考えるのだろうか。恐怖から逃れるため、できるだけ何も考えないようにと努めるものなのか、それとも反対に、心安まる楽しい想像で自分を元気づけるものなのか。

密室の暗闇《くらやみ》、静けさ、狭さは、もうそれだけで十分に死を連想させる。まだ見たこともないはずの死の世界が、自分のすぐ隣で息づいているのを感じる。

昔、こたつに一人で隠れるのが好きだった。身体《からだ》がすっぽりこたつの中に入るくらい、小さかった頃の話だ。そこでわたしはお伽話《とぎばなし》のストーリーを考えていた。身動きできない真っ暗な場所であればあるほど、広大な想像を巡らすことができた。もちろんそこが、死を連想させる要素に満ちた密室であることになど、気づいてはいなかったのだが。

小説を書く時、少なくとも精神は密室に監禁されていなければならない。死に近い場所でしか、小説は書けないのではないだろうか、と思う。

犯人は誘拐罪、強姦《ごうかん》罪など十件の重大犯罪で有罪となった。被害者は現在家族のそばで暮らし、熱心に教会に通っているらしい。

＊　C・マクガイア、C・ノートン著　河合修治訳『完璧な犠牲者』中央アート出版

ぶれを味わう

三浦哲郎さんの『ふなうた』は、モザイクと名付けられたシリーズの第二集で、十八の短篇がおさめられている。

題名はすべて余計な装飾のない単語で、ひらがなとわずかなカタカナで表記されている。それがかえって想像力を刺激し、各々《おのおの》の小説世界の手触りをよりリアルなものにしている。わたしはしばしば、一つ作品を読み終えると、ページを逆戻りしてもう一度題名を眺め直すということを繰り返した。

自分がただ読むだけの立場だった頃、長篇と短篇の違いは、拡散と凝縮にあるのだろうなどと単純に考えていた。ある中心部分を拡散してゆけば長篇となり、凝縮していけば短篇になるのだろう、と。

しかし、自分でも小説を書くようになってから、そう簡単に割り切れるものではないことを思い知らされた。どんな長い小説にも、千ページ分の重みを抱えた一瞬がどこかに存在し、またどんなに短い小説にも、はるかな広がりを感じさせる空間が隠されている。結局、こうした矛盾を達成させるための困難さが、作品を生み出す苦しみになっているような気がする。

三浦さんの短篇を読んでいると、この拡散と凝縮という相反する事柄が、やすやすと共存しているのに気づかされる。何の小細工も気負いもなく、まるでカレンダーの一月と十二月が隣り合っているのと同じような自然さで、短い短い物語たちを支えている。

日常生活に忍び寄ってくる、「おやすみなさぁい」という幻聴(『こえ』)。思いを寄せる少女が客を取っていることに気づいた時、主人公の足元に炎のように群生していたオレンジ色の粟茸《あわたけ》(『あわたけ』)。老人ばかりの村にある夜響く、赤ん坊の泣き声(『よなき』)。開店前のバーの円卓に並んだ入歯を、黙りこくって眺めている文化人の旅行団(『いれば』)。首吊《つ》り自殺した連れ合いを、巨大な蓑虫《みのむし》と勘違いする老人(『みのむし』)。

これらはみな、流れる時間をある一点で切断した、その断面を描いている。濃密な一瞬が書き付けられている。それでいて、読んだ感触は一瞬で消え去ることがなく、小説はすでに終わっているというのに、ある時は底知れない不気味さに、ある時はエロティックな深みにどんどん連れ込まれてゆく。

しかも、こうした作用が少しも不快でない。それはたぶん、作者が鋭利な断面を読み手に突き立てようとしているのではなく、ユーモアで包み込もうとしているからだと思う。そのユーモアは素朴で嫌味がなく、どこかしらほのぼのしている。特に、『てざわり』や『ブレックファースト』にそうした特徴が現われている。

一篇一篇読み終えるたび、読者は凝縮から拡散へと放り出される。けれど決して不安に陥ることはない。心行くまでこのぶれを味わうことができる。

＊　三浦哲郎著『ふなうた』新潮社

濃密な闇を循環 美しい孤独

本の帯には、二十二歳のすみれが十七歳年上の人妻ミュウに対し、激しい恋に落ちてゆく場面が引用されている。ぼくはすみれを愛し、すみれはミュウを愛し、ミュウは抜け殻のような自分を愛せずにもがいている——こう書くと、同性愛をからめた三角関係の物語と思われるかもしれないが、実際は違う。

三人は互いに深い力で求め合っているが、安直な線で結ばれた三角形に収まってはいない。彼らは闇の中でそれぞれの軌道を循環する、衛星なのだ。

閉じられた空間をぐるぐる回るという、絶対的な閉塞感《へいそくかん》は、小説を読んでいる間中ずっと消えずにあった。このイメージはサーキットや観覧車や金属の塊である人工衛星などに置き換えられ、繰り返し登場する。ページをめくるたび、密度の濃い、ひんやりとした闇が立ち上ってくるような気さえする。

物語は中盤以降、すみれとミュウがヨーロッパへ出掛けてから急速に動き始める。ぼくはすみれの引っ越しを手伝った日、〝熱風〟のような性欲を感じ、現実よりもっと生々しい妄想の中で彼女の身体に触れる。その感覚は鏡をすり抜けた自分が、向こう側の世界で味わったもののように彼の皮膚に残る。

一方ミュウは、十四年前、スイスの観覧車の中で自分があちら側とこちら側に引き裂かれた記憶について、すみれに語る。そしてすみれは、ギリシャの小さな島で不意に姿を消してしまう。

三人の軌道はほんの一瞬すれ違ったとしても、決して一つに溶け合うことはない。どこにも脱出口が見つけられない。わずかな希望として、こちら側からあちら側への扉の気配が示されるが（たぶん扉を開ければすみれはそこにいるのだろう）、たとえもう一つの世界にたどり着いたとしても、相変わらず闇は濃密だし、人々は皆それぞれの回路を巡っている。そのなまはんかでない孤独は、喪失感を通り越し、恍惚《こうこつ》とさせる美しささえたたえている。

＊　村上春樹著『スプートニクの恋人』講談社

自分のすべてを許される喜び

私の祖父は宗教家だった。月次祭《つきなみさい》や大祭の時は、信者さんの前でお説教をした。これが、教義を説くなどという堅苦しいものではなく、日常的で具体的な話だった。テレビ番組や、ゆうべの月や、散歩の途中の風景や、そういうありふれた出会いの中にある喜びについて繰り返し語った。子供のわたしは、とにかく早く終わらないかと思いながら、痺《しび》れた足をもぞもぞさせていた。

晩年、寝たきりになると、お見舞いにいらした信者さんの両手を固く握りしめ、「世界を救って下さいよ」と言っていた。ささやかな日常を見つめ続けた祖父が、その同じ目で、実は世界の喜びを求めていたのかと、少し驚いた。

『生きるヒント』を読んで、なぜか祖父のことを思い出した。もちろんこれは、宗教書などではない。読み手を導こうとするようなたくらみは、どの一行にも見当らない。ただ、人間が存在するという原始的な奇跡を、謙虚に見つめる著者のあたたかみが、行間に漂っているだけだ。

普段私たちは、相反する二つの事柄の間で、選択を迫られている。正と邪、美と醜、勤勉と怠惰、愛と憎、生と死。どちらか一方を選び取り、残りを切り捨てることで、社会の中の自分を保っている。その連続が時には疲労をもたらしたりする。

ところが著者は、正反対に思える事柄を一体化することで、より真実に近づこうとしている。深く悲しむものこそ本当のよろこびに出あうと言い、死を想《おも》うことで生を支えようとする。寿命の切れる時が終わりではなく、死は生とともに常に存在するのだと思うと、死ぬのもそれほど怖くない気がする。二つの価値が混じり合った世界で、私たちは選択の厳しさから解放され、安堵《あんど》することができる。

読み終えた時、自分の存在すべてを許してもらえたような喜びがあった。だから、愛してくれた祖父を思い出した。

＊　五木寛之《ひろゆき》著『生きるヒント』（全五巻）角川書店

無口な作家

パスカル・キニャール氏は、無口な作家だった。小説について語る時、作家は誰でも饒舌《じょうぜつ》になるものだと思い込んでいたが、単なる私の偏見だったようだ。

フランスのテレビ局の仕事で来日したキニャール氏が、松尾芭蕉《ばしょう》のお墓参りのあと、倉敷へ足をのばすということで、お目に掛かる機会を作ってもらった。元砂糖問屋の米蔵を改装した旅館の部屋で、お昼をご一緒した。

申し訳なさそうに背中を丸め、座る位置を決める時もメニューを選ぶ時も決して出しゃばらず、小さな声で喋《しゃべ》った。音声を担当する若者が、思わずマイクを口元へ近づけてしまうほどだった。

その日倉敷は朝からずっと雨が降っていた。米蔵には窓がなかったが、しばしば訪れる沈黙の中に、雨の気配を感じ取ることができた。キニャール氏が作り出す沈黙は、言葉を越えた思慮を奥深くたたえていた。ようやく唇から解き放たれた言葉たちは、私など思いも及ばない遠い世界を旅してきたような、特別な響きを鼓膜に残した。

「自分は死者を描いてきたように思います。小説を書くことで、死者を蘇《よみがえ》らせているのです」

タクシーの中で、氏が言った。

「生者の時口にできなかった言葉を、小説の中で語らせて、終わるとまた、死者の世界へ帰すのですね」

氏は大きくうなずいてくれた。

別れ際《ぎわ》、著書にサインをしてもらった。遠慮がちな、小さな字だった。

死の床に就いた時、枕元《まくらもと》に置く七冊

死の床に就いた時、とタイトルには掲げられているが、そのような死に方ができるかどうか自信はない。私は生まれつき慎重さに欠ける慌《あわ》て者なので、縁側から転げ落ちて頭を打ったり、大福餅《もち》を喉《のど》に詰まらせたりして、自分でも死んだことに気づかないまま逝《い》くのではないか、という気もする。

世間ではむしろ、長患《ながわずら》いしないこうした死に方を理想とする向きもあるが、私の場合、慌て者であるだけでなく、怠け者でもあるので、仕事部屋を整理しないうちに急にお迎えが来ると、たいそう困った事態に陥る可能性が高い。タイガースの選手との空想恋愛を綴《つづ》った日記、若返りの秘薬、五寸釘《くぎ》、ちょっと人には見せられない趣味のビデオ、愛人の遺髪……。そのようなものがあちこちの引き出しから発見されるのは、少し恥ずかしい。

やはり最期《さいご》くらいは、心を落ち着け、身辺をきちんと整頓《せいとん》し、本当に大事なものだけを手元に置いて、すがすがしい気持でいたい。本当に大事なもの、となれば私の場合、書物、ということになる。ささやかな読書体験の中で出会った、親愛と尊敬の念を注いでやまない本。人生の傍らに、いつも変わらず黙って寄り添ってくれた本。死んだあとでも読み返したいと願う本。それらがほんの数冊、枕元にあれば、どれほど幸せだろうか。

ただ何と言っても死に際であるのだから、読書をする体力など残っていないかもしれないし、目だって見えなくなっているかもしれない。しかしそれでも尚《なお》、表紙を撫《な》で、ページをめくり、紙の匂《にお》いをかぐだけでさまざまな思いが蘇ってくるような本を、七冊選んでみた。

『萬葉集《まんようしゅう》』

岩波書店から出ている、日本古典文学大系のうち、第四巻から七巻までの『萬葉集』を買ったのは、高校三年生の冬休みだった。高校生には高価な本だったが、お正月にホテルのレストランでアルバイトをして、そのお金を充《あ》てた。生まれて初めて自分の稼いだお金で買った本だった。

千五百年も昔、天皇、防人《さきもり》、名もない人々、男性女性、皆隔てなく自分の心を歌に託していた。洗練された恋もあれば、大地の香りにまみれた情熱もある。一首一首声に出して詠《よ》んでいると、遠い死者の国から、言葉のエネルギーが送られてくるのを感じる。死者と対話している自分に気づく。ほどなく自分が行こうとしているのが、どれほど心豊かな場所であるか教えられ、安堵する。

ページの間には、大学時代の講義を書き留めたメモが何枚もはさまっている。発表の分担を表にしたコピーまで残っている。

〝石見《いわみ》相聞歌《そうもんか》　植村美枝　比留川伸二　本郷洋子〟

ああ、あの頃私の名前は、本郷洋子だった。植村さんと比留川君と三人、文学部正門脇《わき》の喫茶店で、発表のためのレジメを一生懸命書いた風景が、鮮やかに思い出される。十九歳の私たちは、この色彩豊かでドラマティックな相聞歌について、どれほど分かっていたのだろうか。自分たちがどんな恋をすることになるのか、まだ誰も知らなかったのに。

『アンネの日記』（アンネ・フランク）

数え切れないくらい読み返した本。作家になりたいと願う私の、道しるべになってくれた本。

もしあの世で、自由に死者と会えるのなら、真っ先にアンネ・フランクを訪ね、お礼を言わなければならないだろう。付箋《ふせん》だらけになった『アンネの日記』を見せ（そのためにはお棺に本を入れてもらう必要がある）、いかにこの本が深く私の人生に関わったか、語りたい。

私は勝手に、自分がキティーだと思い込んでいました。だからこれは全部、自分に出された手紙なのです。私はあなたが記した日記の一行一行に共感し、慰めの言葉を掛け、羨望《せんぼう》の眼差《まなざ》しを向け、一緒に涙ぐんできました。明日になったら、一九四四年八月二日、水曜日、の日記が記されているのではと期待し、最後のページをめくり、どんなに願ってもそれが叶《かな》わない夢だと思い知らされ、深いため息をついたこともあります。あなたが行ったこともない東洋の小さな国で生まれた子供が、『アンネの日記』に感銘を受け、自分も本を書いて生きてゆきたいと夢見て、それが実現したのです……。

きっとアンネ・フランクに会えたら、興奮して一息に喋ってしまうだろう。あの世だから、たぶん、日本語とオランダ語でも、ちゃんと言葉は通じるはずだ。

『中国行きのスロウ・ボート』（村上春樹）

中公文庫の裏表紙には、

〝僕たちは我れ先にと取り合い、結局、二冊買って、どっちがよけいボロボロにするか、競ったものだった〟

と書かれている。

私の手元にある中公文庫は、文字どおりボロボロになっている。カバーが破れかけ、『中国行きの……』の中の字は消え失《う》せ、ページはいい具合に日に焼けて変色している。

隅から隅まで、全部が好き、と言い切れる短編集に一冊出会えれば、人生は退屈しない。予想もしない哀《かな》しみに出会った時、そう言えばあの短編に似たような場面があったなあ、と思う。手ごわい困難に直面した時、あの短編の主人公ならどうするだろう、と想像する。それだけでもう救いになっている。

逆回りの山手線に置き去りにされた中国人少女、貧乏な叔母さん、芝生を刈る大学生、犬の死骸《しがい》を掘り返す彼女。これらの人々と、声にならない声で、何度私は言葉を交し合ったことだろう。

『西瓜糖《すいかとう》の日々』（リチャード・ブローティガン）

生まれて初めて小説を出版する時、私の担当編集者になった人が、プレゼントしてくれた本。

自分を担当してくれる編集者、自分の小説を一番最初に読んでくれる編集者。そんな人がこの世に存在していること自体が、信じられず、申し訳なく、また恐ろしく、その人と会う時は真《ま》っ直《す》ぐ顔が見られなかった。もじもじとうつむいてばかりいた。

「あっ、これ、差し上げますよ」

何気ない感じでそう言われ、読んでみて打ちのめされた。こんなすごい小説があったなんて。

以降ますます、編集者に会う時はうつむいていた。つまらない小説しか書けない自分が恥ずかしく、もどかしく、腹立たしかったから。

『ダーシェンカ　あるいは子犬の生活』（カレル・チャペック）

私が生涯で下した最も善き決断は、犬を飼ったことである。ラブラドールの雄、ラブは、お調子者で間抜けな、憎めない奴《やつ》であった。あの垂れた耳が、どれほど多くの愚痴を受け止めてくれたことであろうか。あの柔らかい舌が、どれほど多くの涙をなめてくれたことであろうか。

犬は一言も喋らないのに、人間に深い喜びを与えてくれる。私は日々、言葉を吐き出し続け、小説を書き続けてきたにもかかわらず、さして何物も与えられなかった。犬は偉大だ。

死の床にあっては最早《もはや》、犬と散歩にも行けないだろうから、この本を抱き締めよう。『ダーシェンカ』さえあれば、愛らしい犬がそばにいるのと全く同じ。温かい毛の感触も伝わってくるし、ピチャピチャ水を飲む音も聞こえてくる。

『サラサーテの盤』(内田百閒)

内田百閒が繰り返し作品の中に登場させた土手は、生まれ故郷岡山の、旭川沿いのあの土手だろうか。私も岡山城を望むその近所で生まれ育った。

土手は緩やかにカーブしながら、遠くまでどこまでも続いてゆく。こちら側は割合に急な斜面と河原、そして旭川が音もなく流れ、あちら側は川の大きさに比べるとあまりにも頼りなげな、細い道路が伸びている。

風景のほとんどを土手が占めている。後楽園もお城も、土手の存在感に比べればささやかな飾りに過ぎない。春には土筆《つくし》が一面顔を出し、夏には花火が揚がり、のどかな土手であるはずなのに、一筋縄ではいかないあの揺るぎなさは何なのか、子供の頃から不思議に思っていた。

内田百閒を携えて冥途《めいど》へ旅立つ。記憶の底に沈殿した不思議を旅する。思い浮かべただけで、わくわくしてくるではないか。

『富士日記』（武田百合子）

〝朝　ごはん、桜海老《さくらえび》入り中華風オムレツ。
昼　いもがゆ、焼きはんぺん、かれい煮付。
夜　ごはん、鯖味噌《さばみそ》煮《に》、千六本汁（大根、人参《にんじん》、椎茸《しいたけ》、ねぎ、ベーコン）〟

武田百合子さんの文章は、自然の摂理を教えてくれる。人間がいかにいじらしく、意地悪く、滑稽《こっけい》であるか。はんぺんや鯖を食べながら、いかに堂々と、宇宙の塵《ちり》となって消えてゆくか。時に乱暴とも思える無防備さで、表現してしまう。

だから、『富士日記』を枕元に置いておけば、死ぬのを怖がったりしなくてすむ。庭を飛び交う蝶《ちょう》や、壮烈な夕焼や、四十雀《しじゅうから》のヒナや、石垣に咲くケイトウと同じように、人間も死んでゆく。その有り様の潔《いさぎよ》さに、思わず微笑《ほほえ》んでしまうほどだ。

響きに耳を澄ませる

「わたしの望みは、死んでからもなお生きつづけること！」（深町眞理子訳）

と、アンネ・フランクが日記に書いたのは、一九四四年四月五日、彼女が十四歳の時だった。アンネは自分の日記がいつしか本になり、世界中の人々の手に届くのを夢見ていた。そして、心のどこかでは、その様子を自分自身が生きて目にすることはないだろうと、予感していたのかもしれない。それから一年もたたないうちに、彼女はベルゲン・ベルゼン強制収容所で命を落とした。

『アンネの日記』を読み返す時、この個所に差し掛かるとつい私は、あなたの望みはかなえられたのよ、とつぶやいてしまう。あなたが足を踏み入れたこともない小さな東の国で、一人の元少女が、何度も繰り返し日記を開いているのが、何よりの証拠じゃない？　そう、話し掛けている。

たとえ言葉など通じなくても、相手が死者であっても、人は心を通わせ、二人だけの秘密を共有できる。その喜びを、アンネ・フランクは私に教えてくれる。

あるいは電車の中で、文庫本を読んでいる人を見掛ける。その人は高校生かもしれないし、勤め帰りのサラリーマンかもしれない。老人かもしれない。ふと目に入ったタイトルが、自分にとって大事な思い出のあるものだとしたら、私はきっと一瞬のうちに、その人に親しみの情を持つだろう。『百年の孤独』、『万葉集』、『パルムの僧院』、『遠い声 遠い部屋』、『魔の山』……。何でも構わない。はっとしてその人を見つめ、自分がそれを読んだ時の気持ちをよみがえらせるに違いない。

言葉を交わすでも、名乗り合うわけでもないのに、たった一冊本を手にしていたというだけで、その人は、忘れていた感動の記憶の鍵《かぎ》を、いともたやすく開けてくれる。私は混雑した電車の中で、たった一人、見ず知らずのその人に、そっと感謝をささげるのだ。

人が自分の生きている世界と何かしらの絆《きずな》を結ぼうとした時、必ずしも感情をぶつけ合って妥協点を探したり、人格をさらけ出して互いのすべてを分かり合おうとしたりする必要はないのかもしれない。例えば、たった一冊の本、一つの歌、一枚の絵、一個の星、そういうものの前で心を震わせる瞬間にも、強い絆は築かれている。心の震えは自分一人のところにとどまるものではなく、遠いどこかの誰かにも響いてゆく。その響きに耳を澄ませる時、自分が目に見えない、偉大で心地よい世界によって守られているのを感じ取れる。

「見てご覧。きれいな朝焼けだねえ」

散歩の途中、私は犬に話しかける。けれど彼はプラタナスの根元のにおいに夢中で、私の言うことなど聞いてはいない。朝焼けよりもずっと重要な問題のために、鼻をひくひくさせている。

「世界が生きるに足る場所だと、証明しているみたいなきれいさだね」

私と彼はお互い別々の事柄で心を一杯にしながら、それでも温かい絆で結ばれている。

あとがき

書評を書くため、対談の準備のため、次に書く小説のため……と、仕事がらみで本を読む機会は多いのですが、自分の楽しみのためだけに自分で選んだ本を読む場合と比べ、何か違いがあるかと言われれば、正直、違いはないのです。仮に気の進まない仕事があって、そのために本を読まなければならないとしても、本に罪はありません。ページの向こうに隠された未知の世界は、私の抱える些細《ささい》な事情になど関係なく、歴然とそこに存在し、私を待ってくれています。いったん本を開けば、そこに目的などありません。ただもう無心で、言葉の海に身をゆだねるだけです。

しかし、どれほど言葉の海が喜びに満ちた世界であっても、自分で言葉を書きつけることの難しさはまた別の問題です。どんな時も私にとって書くということは困難な作業で、まっさらな画面を前にすると途方に暮れてしまいます。ですからここに収められた文章は皆、何の手がかりもない暗がりの中で、どうにかこうにか搾《しぼ》り出したものたちです。謝るようにうつむいて、そっと差し出すしかありません。

けれどささやかな願いはあります。どなたかお一人でも、私の文章から、本を読む生活の魅力を感じ取って下さったら……。『博士の本棚』に並ぶ一冊を抜き取って、あまりにも夢中になりすぎて返却するのを忘れるような方がいらしてくれたら……。そんな夢を見ています。

その同じ夢を持って編集に当たって下さった新潮社の森田裕美子さんに、心からお礼申し上げます。

そして途方に暮れてばかりの私を励まして下さる読者の皆様方。いくら感謝してもしきれません。ありがとうございます。

二〇〇七年　梅雨のある日

この作品は平成十九年七月新潮社より刊行された。

博士《はかせ》の本棚《ほんだな》

新潮文庫　お－45－5

平成二十二年一月一日発行
令和四年十月十五日四刷

著者　小《お》川《がわ》洋《よう》子《こ》
発行者　佐藤隆信
発行所　株式会社 新潮社
郵便番号　一六二—八七一一
東京都新宿区矢来町七一
電話　編集部(〇三)三二六六—五四四〇
　　　読者係(〇三)三二六六—五一一一
http://www.shinchosha.co.jp

価格はカバーに表示してあります。

乱丁・落丁本は、ご面倒ですが小社読者係宛ご送付ください。送料小社負担にてお取替えいたします。

印刷・大日本印刷株式会社　製本・加藤製本株式会社

ISBN978-4-10-121525-9 C0195